Chris Jacobsen

Watt

Bibliografische Information der Deutschen Nationalbibliothek:
Die Deutsche Nationalbibliothek verzeichnet diese Publikation in
der Deutschen Nationalbibliografie; detaillierte bibliografische
Daten sind im Internet über http://dnb.dnb.de abrufbar.

© 2022 Chris Jacobsen

Lektorat: Katrin Schäfer
Korrektorat: **Nadjenka Borch**
weitere Mitwirkende: Cover Copyright: Lillydes Pixabay

Herstellung und Verlag: BoD – Books on Demand, Norderstedt

ISBN: 978-3-7543-6125-2

Sie saßen am Strand, so wie Gott sie geschaffen hatte, blickten in die Weite und träumten sich beide in die Ferne.

Sie waren jetzt schon so lange zusammen, die Kinder waren groß und nun war es einfach mal Zeit, an sich selbst zu denken.

Von der See her kam der kühlende Morgenwind, der sich aber schon mit den ersten Sonnenstrahlen vermischte und ab und zu ein bisschen Wärme auf die Haut blies.

Dann begann das Schauspiel.

Parallel zum steigenden Wasserpegel stieg die Sommersonne am Horizont höher und warf langsam die wärmenden Strahlen erst auf das spiegelglatte, auflaufende Wasser, um sich dann immer näher an das Ufer heranzuarbeiten.

Die beiden saßen hier jeden Morgen, exakt an dieser Stelle des Strandes, und bestaunten dieses Schauspiel und immer wieder war es neu und faszinierend.

Immer wieder anders.

Immer wieder aufregend.

Immer wieder unverbraucht.

Die Sonne nahm langsam, aber merklich an Stärke zu und begann, den noch von der Nacht feuchten Sand zu trocknen und auch unter ihren Füßen zu erwärmen.

Das Wasser kroch wie ein langsames Urtier in Richtung Küste.

Ruhig, kraftvoll und trotz aller Gefahren, die der nasse Riese mit sich bringen konnte, friedlich.

Die Farben der Sonne teilten sich in tausend Farben in dem flüssigen Spiegel.

Immer näher spülte das Wasser auf den Strand, doch die beiden standen an ihrem Platz und waren fest entschlossen, nicht zu weichen.

Die Sonne brach sich jetzt selbst in der Hälfte im Meer, also im unteren Teil des Horizontes, und die andere Hälfte stand unverrückbar und machtvoll am Himmel und erkämpfte sich den Job als Tagesbeleuchtung zurück.

Und während die beiden die glühende Scheibe beobachteten, achteten sie nicht darauf, dass das Wasser bereits in ihrer Nähe und an einigen Stellen um sie herumgelaufen war.

Zu faszinierend und aufregend waren diese Augenblicke, wenn die Sonne aufging.

Erschrocken blickten sie sich um, dann sahen sie wieder in die Sonne und es sah so aus, als wollten sie sich ihrem Schicksal ergeben.

Als die erste Welle dann jedoch in ihre unmittelbare Nähe lief, breiteten sie ihre Flügel aus und flogen in Richtung Sonne.

Jeder Morgen als Silbermöwe an der Nordseeküste ist einfach immer wieder ein Erlebnis.

Das Watt.

Unendliche Weiten.

Ein zum großen Teil unerforschter Lebensraum einer abwechslungsreichen und wilden Natur.

Viele Geheimnisse, verborgen unter feuchtem Sand, im tiefen Schlick und zu wenig geschätzt von denen, die nicht darauf angewiesen sind.

Auf ihrer Reise durch dieses salzig-duftende Erlebnis befand sich die kleine Wattwandertruppe unter der Leitung von Nils-Henning Örsted.

Nils, wie ihn hier in seiner Heimatstadt Husum alle nennen, studierte nach seinem Schulabschluss Biologie, zog hinaus in die Welt, lebte im Anschluss eine Zeit lang in der Arktis, um dann bewaffnet mit einem langen Bart und seiner tiefen, sonoren Stimme hier in seinem Heimatort ordentlich aufzutrumpfen.

Dachte er.

Die Sache ist aber die: Hier im echten Norden tragen viele Männer Bärte und tiefe Stimmen, die gibt's hier auch zuhauf! Also musste ein neues Alleinstellungsmerkmal her und das fiel ihm eines Nachts, als er auf der Couch eingeschlafen war, siedend heiß aus seinen Träumen auf seinen inneren Merkzettel.

Wattwanderungen.

Okay, Wattwanderungen waren jetzt nichts großartig Neues, aber Wattwanderungen mit Geschichten und Gedichten aus Nordfriesland. Die ganze geballte kulturelle Vielfalt des Nordens in freier, ungezügelter Natur.

Das machte hier noch niemand und das würde laufen wie fließend Wasser die Wände herunter.

Wer einmal in einem Iglu gewohnt und die globale
Erderwärmung beobachtet hat, weiß, wovon dieser Mann
spricht.

Seit zwei Jahren machte er das jetzt. Ging mit den Touristen ins
Watt und rezitierte Storm, Achim von Arnim, Hebbel, Lenz,
Klaus Groth, Wilhelm Busch und von Eichendorff.
Nun waren nicht alle diese Dichter aus dem Norden, hatten aber
wenigstens zu ihren Lebzeiten darüber geschrieben, gedichtet
und die Landschaft in einer wunderbaren Sprache beschrieben.
Das musste für die Aufnahme in seine Gedichtsammlung
reichen.
Sein Repertoire wuchs unaufhörlich und seine Kunden und
Kurzwegbegleiter genossen es sichtlich.
Hier draußen die frische Luft, das Wissen, dass man auf dem
Grunde des Meeres stand und dennoch atmen konnte und
zusätzlich seine doch eher eigenwilligen Interpretationen
verschiedenster Dichter.
Darüber hinaus machte er natürlich immer wieder auf die
Gefahr des Klimawandels aufmerksam.
Ein Thema, das er im Zusammenhang mit Meer und
Wattwanderungen, der sich verändernden Flora und Fauna hier
vor Ort, dem Verschwinden verschiedener Kleintierarten und
dem Auftauchen neuer nicht außer Acht lassen konnte.
Er war jedoch nicht hier, um Moral und Anstand zu predigen,
sondern nur dafür , den Menschen zu zeigen, wie zerbrechlich
diese Welt war, in und auf der man lebte, und wie einfach es
sein konnte, sie zu erhalten, sie zu schützen.
Nun denn.
An diesem Nachmittag gingen er und seine fünfköpfige
Gefolgschaft über den feuchten Meeresboden, der vor ihnen
und unter ihren nackten Füßen lag.

Noch schwieg er.

Die Erhabenheit des Wattenmeeres kroch langsam und unaufhörlich in die Besucher und ließ sie immer ruhiger werden.

Gerade als er überlegte, mit welchem Poem er seine Kunden beeindrucken wollte, rief eine Teilnehmerin, dass es schier nicht zu begreifen sei, wie man so ein Naturwunder nur so verkommen lassen könne, und er wurde schlagartig aus seinen Gedanken gerissen, öffnete die Augen und wäre beinahe über einen gelben Gummistiefel gestolpert, der mit dem Schaft nach unten im sandigen Boden steckte.

Er blieb vor der weißen, mit grauem feuchten Schlick bedeckten Schuhsohle stehen und drehte sich zu seiner Truppe um.

„Wir leben hier in Nordfriesland", hob er an, „direkt an und in einem der bedeutendsten Naturräume der Welt. UNESCO-Weltnaturerbe. Das hier ist nur ein Stiefel, aber wenn man bedenkt, dass jedes Jahr zehn Millionen Tonnen Müll in die Weltmeere gekippt werden, dann haben wir hier mit diesem einen Stiefel ja noch mal richtig Glück gehabt."

Er lächelte seine Zuhörer an und hoffte, dass sie den kleinen Spaß verstehen würden.

Er bückte sich langsam nach vorn, griff nach dem Schuh und wollte ihn aus dem Sand ziehen, aber irgendetwas schien ihn festzuhalten. Er drehte und ruckelte an dem gelben Schuh und dann löste er sich mit einem Ruck und Nils hielt ihn seinen Mitläufern triumphierend entgegen.

Die Truppe, die bis vor ein paar Sekunden noch einen gesunden und motivierten Eindruck gemacht hatte, stand jetzt schweigend, zum Teil mit geöffneten Mündern und aschfahl hinter ihm. Eine der Frauen, die heute mit dabei waren, schien noch nie einen derartigen Schuh gesehen zu haben.

Anders konnte Nils-Henning ihre Mimik nicht deuten.

Sie öffnete und schloss ihren Mund immer schneller und es entwich ihr immer wieder ein leicht stotterndes „Aber …"

Dieses „Aber" wurde immer lauter und Nils-Henning entschloss sich, noch einmal zu der Stelle zu schauen, wo er den Schuh aus dem Grund gezogen hatte.

Wie soll man es sagen?

Wo einstmals der Schuh aus dem Boden gezeigt hatte, stach jetzt ein nackter Fuß hervor und wies pedantisch darauf hin, dass nach dem Fuß wohl auch noch der Rest kommen könnte, der zu einem Menschen gehört.

Der sonst so in sich ruhende und bedachtsame Nils-Henning kramte mit zittrigen Fingern sein Mobiltelefon aus der mit Klettverschluss verschlossenen Jackentasche und wählte die Nummer der Husumer Polizei, denn das hier, das konnte man ja nun wirklich nicht einfach so liegen lassen.

Steffen Heller genoss diesen Morgen in seiner Wohnung.

Seine eigene kleine Zweizimmerwohnung am Zingel.

Eine eigene Wohnung war, weiß Gott, nichts Neues für ihn.

Aber hier, nicht weit entfernt vom Hafen und dann noch um die Ecke von seiner neuen Arbeitsstelle, das war schon etwas anderes als in Hamburg.

Kein Stau am Morgen, durch den man sich kämpfen musste, keine S-Bahn, auf die man ständig zu warten hatte.

Es war alles ein bisschen kleiner hier, konnte man denken, doch wenn man die Dimensionen bedachte, in und mit denen man hier lebte, eine Stadt am Meer, deren „Vorgarten", wie er das Wattenmeer gerne scherzhaft nannte, bis zum Horizont reichte.

Da konnte Hamburg nun wirklich nicht mithalten.

Er saß in seinem kleinen Garten, der sich an das Wohnzimmer anschloss, genoss die ersten Sonnenstrahlen, seinen Kaffee und den Gedanken, dass sich daran heute nichts Großartiges ändern würde.

Er hatte frei, keine Verpflichtungen und der Tag gehörte ihm und seinen persönlichen Wünschen.

Dachte er.

Er nahm noch einen kräftigen Schluck aus seiner Tasse, als leise sein Handy klingelte.

Konnte eigentlich nur seine Mutter sein.

Er schaute aufs Display und musste zu seiner Verwunderung feststellen, dass es sein alter Schulfreund Nils-Henning war, der ihn anrief.

Nils-Henning war drei Jahrgangsstufen unter ihm auf dieselbe Schule gegangen, die beiden hatten aber – aus für sie beide unerfindlichen Gründen – seit dem ersten Aufeinandertreffen im Schulhof einen guten Draht zueinander gehabt, der auch später, nach der Schulzeit nicht riss.

„Moin, Nils, alter Muschelschubser", blödelte er ins Telefon.

Doch die Kurzatmigkeit auf der anderen Seite verriet ihm, dass da irgendetwas nicht stimmen konnte.

„Was ist los, Nils, erzähl schon", bohrte Heller nach.

„Watt, Gummistiefel, nackter Fuß", war die abgehackte Antwort.

„Watt is?", lachte Heller.

Nils-Henning riss sich zusammen und erzählte ihm in möglichst ruhiger Art, was er heute außer Wattwürmern und Muscheln noch so im Schlick entdeckt hatte.

„Pass auf, Nils, bleib du cool", versuchte Steffen Heller seinen alten Freund zu beruhigen, „schick die Leute zum Ufer zurück und du wartest da beim Fundort auf mich. Ich bin so schnell es geht bei dir", dann legte er auf, brüllte innerlich, weil sein freier Tag offensichtlich gerade vor die Seehunde gegangen war.

Während er sich mit einer Hand seine Hose hochzog, versuchte er mit der anderen Sabines Nummer zu wählen, Sabine zu erreichen, um die schnellstmöglichen Schritte einzuleiten und den tiefergelegten Schlickrutscher mit Fuß und dem, was da vielleicht noch dranhing, in trockenere Gefilde zu bringen und vielleicht noch existierende Spuren zu sichern.

Sabine meldete sich nach dem ersten Klingeln und Heller war erleichtert, ihre Stimme zu hören.

Nicht weil es Sabine war, sondern weil das bedeutete, dass er im besten Fall nicht mit hinaus in den Schlick musste und so seinen Tag weiter genießen könnte.

Aber: Erstens kommt es anders und zweitens als man denkt.

In ihrer schnellen und rationalen Art beschloss sie, dass Steffen Heller vor seiner Tür auf sie warten solle.

„Ich bin gleich da, Steffen", sagte sie ruhig und legte auf.

Spitze.

Das war es dann mit dem Genuss und dem freien Tag.

„So eine Leiche kann einem auch wirklich alles versauen", sagte Heller leise vor sich hin und erhob sich aus seiner bequemen Sitzposition.

Er ließ die Tasse stehen und ging in sein Schlafzimmer, um sich anzuziehen.

Heller legte sich missmutig seine Klamotten an, seine Diensttracht, wie er sie nannte, ein bisschen schicker und offizieller und der Situation angepasst.

Er ging zur Wohnungstür, stellte sich rauchend auf den Bürgersteig, um auf seine Chefin zu warten.

Zigaretten und Feuerzeug.

Alles dabei, der Arbeitstag konnte kommen, er war gewappnet.

Die Kippe steckte in seinem Mundwinkel und er atmete den Rauch tief ein.

Heller legte seinen Kopf zurück und schaute in den blauen Himmel über ihm.

Ein paar Möwen kreisten da oben, um dann kreischend in Richtung Hafen zu fliegen, der nur ein paar hundert Meter von ihm entfernt war.

Eine typische, geradezu stoische Ruhe lag über dieser kleinen Stadt.

Genau die Ruhe, die hier aus dem Wissen erwachsen war, dass man eben machen konnte, was man wollte, und wenn die Natur etwas anderes vorhatte, dann hatte man sich danach zu richten.

Es war exakt diese Grundeinstellung zum Leben, die wie es schien, jedenfalls Hellers Meinung nach, viel zu vielen anderen Menschen fehlte.

Diese Welt brauchte mehr Ruhe, durchdachtere und klügere Schritte, um mit ihr in der Art umzugehen, wie es sich für eine aufgeklärte Gesellschaft in diesem Jahrtausend gehörte.

Und entspannte Ruhe und ein weiter Blick waren der

Grundstein, um eben diese Schlüsse zu ziehen.

Sabine, dieses kleine Mädchen mit den geflochtenen Zöpfen und der hohen Stimme.

Immer eine gesunde Hautfarbe und aktiv von der Zehenspitze bis in die Haarwurzeln. So war sie immer gewesen, schon in der Grundschule.

Sie war nie das typische Mädchen, das am Nachmittag mit einem Puppenwagen durch die Gegend gezogen war und jedem ihr „Kind" gezeigt hatte.

Nein, Sabine liebte Fußball und hatte ihren Eltern so lange in den Ohren gelegen, bis die kleine Tochter die aktuellsten Stollen unter ihren Bolzpantoffeln hatte.

Sie war immer mehr Junge als Mädchen gewesen, eben mehr ein Kumpel als eine Freundin, und in Kumpels konnte man sich ja nun wirklich nicht verlieben.

So entstand nie auch nur ein kleines Gefühl der Verliebtheit zwischen ihnen, jedenfalls nicht von Hellers Seite aus, bis ihn eines Tages wirre Gefühle mitsamt einer überdosierten Mischung aus Hormonen und Testosteron mitten zwischen die Augen oder wohin auch immer trafen.

Und während Steffen Heller zwischen Pickelcreme und Stimmbruch wanderte, wurde sein eigener Blick auf Sabine ein komplett neuer.

Auf einen Schlag schaute er ihr beim Fußball nicht mehr nur auf ihre talentierten Füße, sondern konnte sie fast gar nicht mehr ansehen, weil es ihm unangenehm wurde und sie ihn anlächelte.

Heller wurde dann immer so komisch und das konnte er sich nicht erklären, deswegen fragte er seinen Vater, der ihm antwortete: „Steffen, du bist verliebt."

Nein, auf keinen Fall. Heller mochte ja alles sein, aber nicht verliebt in Sabine.

Zum Glück gab es auch noch andere Freizeitaktivitäten außer dem Ballsport und so konnte er dieser ersten großen emotionalen Herausforderung unauffällig aus dem Weg gehen. Er verbrachte den Sommer am Strand.

In der Schule war es dann schon wieder enger und es kam ihm so vor, als würde er den Schultag über die Luft anhalten, um nicht weiter aufzufallen.

Die Jahre vergingen und Sabine und er blieben auf einer höflichen Distanz zueinander.

Irgendwann gesellte sich in ihre verabredete und traute Zweisamkeit Dieter.

Dieter war schon als Schüler größer und breiter als alle seine Altersgenossen und auch dementsprechend lauter.

Dieter besaß ein kleines Segelboot und lud regelmäßig zu kleineren Touren durchs Wattenmeer ein.

Heller nahm nur an einer teil, denn sobald er die Nussschale betreten hatte, wurde ihm speiübel, er versuchte es natürlich zu unterdrücken, doch als sie aus der Hafeneinfahrt hinaus auf die offene Nordsee fuhren, konnte er nichts mehr in sich behalten und entleerte sich in immer wiederkehrenden Zyklen ins salzige Meer.

Sabine hatte ihm die ganze Zeit den Rücken und den Kopf gestreichelt und sich um ihn gekümmert, sodass sie von diesem Tag an für alle anderen als verliebt galten.

Ihr eigenes Arrangement zählte für die Welt um sie herum gar nicht.

Sie gingen von diesem Tag an als Dreierclique durch die Schulzeit, halfen sich gegenseitig, lernten miteinander und wurden auch gemeinsam älter, bis irgendwann das Ende der Schulzeit ganz unvermittelt vor der Tür stand.

Auf der Abschlussfeier in einem Restaurant am Hafen

schwelgten sie dann gemeinsam in Erinnerungen und Heller wurden seine vielen verpassten Chancen bei seiner langjährigen Freundin bewusst.

Er verließ irgendwann die Party und setze sich auf eine Bank am Hafen, rauchte eine Zigarette und hoffte darauf, von Sabine aus seiner dummen Einsamkeit gerettet zu werden, so formulierte er es in seiner sentimentalen Stimmung für sich selbst.

Irgendwann wollte auch Sabine nach Hause und musste auf ihrem Weg an der Bank vorbei, auf der Heller saß.

So saßen die beiden angetrunkenen Schulabgänger nebeneinander und merkten in diesem Moment, was sie eigentlich schon die letzten Jahre gespürt und nicht zugegeben hatten: Sie waren verliebt – und just in dem Moment, als sie sich zum ersten Mal küssen wollten, tauchte in dem Freiraum zwischen ihren gespitzten Lippen der runde, bleiche und kichernde Schädel ihres gemeinsamen Freundes Dieter auf, sodass jeder von ihnen ihm einen Kuss auf eine seiner fleischigen Wangen gab.

Diese Chance bekamen sie nie wieder, denn Steffen zog nach der Abschlussparty Richtung Hamburg und Sabine nach Kiel, um zu studieren.

Steffen, der immer aus dem kleinen, muffigen Husum wegwollte, verließ auf diesem Weg auch seine Erinnerungen und damit seine Freunde.

Es gab nur noch wenige Menschen, mit denen er in fast regelmäßigen Abständen redete.

Dazu gehörte auch der drei Jahre jüngere Nils-Henning Örsted, der blöderweise in Kiel studierte und das hatte zur Folge, dass Besuche in der Landeshauptstadt von Schleswig-Holstein unmöglich waren.

Sabine dort zufällig über den Weg zu laufen, hätte noch größerer Aufklärungskunst bedurft als das bloße Verschwinden aus ihrem Leben.

Die beiden Männer trafen sich zwischendurch in Hamburg, Lübeck oder Neumünster, alles Städte mit guten Kneipen, die die Nacht hindurch geöffnet hatten.

Diese Freundschaft endete in dem Moment, als Nils-Henning seinem Freund Heller offenbarte, dass er verliebt sei und sich zeitlich etwas einschränken müsse, um die zarten Bande zwischen ihm und der Frau ohne Namen nicht zu gefährden.

Das hatte zur Folge, dass sich Heller komplett von seinen ehemaligen Freunden und Schulkameraden zurückzog und sein Leben in Hamburg mit der Aussicht begann, von jetzt an nie wieder in diese kleine, muffige, graue Stadt am Meer zu ziehen.

Seine Eltern würde er schon noch besuchen, aber dort zu leben, war von jetzt an total ausgeschlossen.

So erweiterte er Stück für Stück seinen Freundeskreis in Hamburg und auch den Radius seiner Spaziergänge und wie es sich für einen echten Nordmann gehörte, liebte er den Hamburger Hafen.

Der war zwar nur unwesentlich größer als der in Husum, aber hier lag zum Beispiel die alte Rickmer Rickmers, ein Dreimast-Vollschiff, das 1896 als Frachtsegler gebaut worden war und nun als schwimmendes Wahrzeichen Hamburgs galt.

Immer wieder zahlte er den günstigen Eintritt und wanderte gedankenverloren über die Holzplanken des Seglers, bis er eines Tages, als er in Richtung Bug schlenderte, eine freundliche, weibliche Stimme hörte, die ihn darum bat, ein Foto zu machen.

Ihm wurde vertrauensvoll eine kleine Kamera in die Hand gelegt und die lachenden Augen einer jungen Frau durchbohrten jedes seiner Schutzschilder, die er gegen derartige menschliche Angriffe vorzuweisen hatte.

Die junge Frau lehnte sich an den Mast, lächelte und Heller drückte ab.

Einmal.

Zweimal.

Dreimal.

Vier… und hier hörte er ein wieder verstörend freundliches „Dankeschön" und die junge Frau stand fast vor ihm und hielt ihm die geöffnete Hand entgegen.

Er legte ihr die Kamera in die Hand, sie bedankte sich und dann heirateten sie.

Das dauerte natürlich ein bisschen, aber sie taten es und für Heller war es eine unbeschreiblich schöne Zeit.

Die ging aber, so fühlte es sich für ihn an, so schnell vorbei wie ein Wochenende nach einer Arbeitswoche voller Überstunden, eben viel zu schnell, aber das ist eine andere Geschichte.

Durch Hamburg, Heirat und Holsten-Bier war es ihm möglich, seine Vergangenheit beiseitezuschieben und damit auch die Gefühle für Sabine langsam abstumpfen zu lassen.

Wichtig an dieser Stelle ist zu sagen, dass Steffen Heller nicht geheiratet hatte, um eine andere Frau zu vergessen. Das war einfach nicht sein Stil, doch die Verbundenheit zu Sabine, seinen alten Freunden und auch zu Husum ließ er bei seinen kurzen Wochenendbesuchen bei seinen Eltern nie wieder aufblühen oder gab ihnen gar Platz, wieder zu wachsen.

Er hielt seine Besuche in Husum immer so kurz und in solchen Abständen, dass es nie reichte, um Sehnsuchtsgefühle oder gar Heimweh aufkommen zu lassen.

Und nach all den Jahren der Abwesenheit, nach den spärlich rationierten Besuchen und dem Übertünchen seiner Erinnerungen saß Heller wieder mit Sabine in einem Raum und die Fragen, die er ihr nie gestellt hatte, bedurften immer noch einer Antwort.

Aber nun gut, das hatte alles noch ein wenig Zeit.

„Die Feuerwehr löscht auch noch morgen", ging ihm durch den Kopf und er wusste, dass sein Vater damit recht gehabt hatte.

Und während er so auf seinem Freiluftphilosophiekurs dahinschlenderte und sich wieder einmal darüber wunderte, über was man sich alles Gedanken machen konnte, wenn man gerade nichts anderes zu tun hatte, wurde diese Gedankenexkursion jäh von einem Hupen unterbrochen. Auf der anderen Straßenseite stand Sabine an den schwarzen Audi A8 gelehnt, den schicken Dienstwagen, und lächelte ihn an, als wüsste sie, was er gerade gedacht hatte. Heller drückte leicht misstrauisch seine Zigarette aus, überquerte die Straße und die beiden setzten sich in den Wagen.

„Moin, Steffen", sagte sie in einem fröhlichen Tonfall, „wie läuft der freie Tag?" Heller schaute sie an und zog als Antwort nur seinen linken Mundwinkel nach oben.

„Doch so gut, na, dann wollen wir mal", antwortete seine Chefin und gab Gas.

Natürlich alles im Rahmen der Straßenverkehrsordnung.

„Am Dockkoog warten Kollegen auf uns", begann Sabine, „von dort aus werden wir zu Nils-Henning gehen und den Verbuddelten an Land holen. Das wird ein Spaß."

Heller war sich nicht sicher, ob er zu diesem Zeitpunkt andere Dinge nicht spaßiger gefunden hätte.

Einen freien Tag zum Beispiel, aber nun.

Wat mutt, dat mutt.

Und schon wieder Watt.

Um die Schlickwüste kam man hier scheinbar wirklich nicht drum herum.

Am Koog angekommen, warteten dort schon vier Kollegen, angezogen wie Hochseefischer und bewaffnet mit Schaufeln.

Auch ihnen sprang die Motivation und die Vorfreude auf diesen Einsatz nicht gerade aus dem Gesicht.

Heller und Sabine stiegen aus dem Wagen und begrüßten die vier Männer.

Seine Chefin ging zum Kofferraum des Dienstwagens, kramte zwei Paar Gummistiefel hervor und reichte Steffen das eine Paar.

„Mit deinen sportlichen Schuhen machst du drei Schritte", grinste sie, „und dann läufst du barfuß weiter. Nimm besser diese hier."

Heller zog sich die quietschgelben Schuhe an, die ihm aus scheinbarem Zufall auch passten, dann gesellten Sabine und er sich wieder zu den wartenden Männern, um dann sofort hinaus ins Watt zu stapfen.

Die ersten Meter war der Gang nicht kompliziert, doch irgendwann begann sich jeder Schritt anzuhören wie ein leiser Furz.

Der Untergrund wurde feuchter und das Schmatzen hörbar lauter.

Nils-Henning Örsted war schon zu sehen.

Er hatte sich auf den nassen Boden gesetzt und der nackte Fuß, der bis zum Knie aus dem Watt ragte, schien sein Fixpunkt zu sein.

Nils-Henning bemerkte nicht, dass die vermeintliche Rettung nahte!

Heller schaute durch sein Fernglas, um zu sehen, ob mit seinem Freund alles in Ordnung war.

Eine sehr skurrile Szene: Der bärtige Nils-Henning Örsted im Watt sitzend neben einem blassbleichen Unterschenkel, der aus dem grauen Brei emporwuchs.

Er konnte sehen, wie der einsame Entdecker von Gliedmaßen das Stück Mensch ansah und die Lippen bewegte.

Was hätte er darum gegeben, jetzt mitzuhören.

Alles in allem erinnerte ihn dieses Bild eher an den Auftritt eines Bauchredners mit einer sehr hässlichen Puppe.

Heller und die gesamte Truppe beschleunigten ihren Schritt, so gut sie konnten, und irgendetwas sagte Heller, dass sein Freund dort so schnell es ging, Hilfe brauchte.

„Nils", rief Heller in der Hoffnung, der Watt- und Meeresbiologe würde seinen Kopf heben.

Doch der saß wie festgenagelt auf dem Boden und starrte den aus dem Watt ragenden, nackten Fuß an.

Nils-Henning Örsted saß mit nassem Hintern, nackten Füßen und einem mehr als nur verwirrten Gesichtsausdruck vor dem nackten Unterschenkel und sagte immer wieder ganz leise: „Oh Mann, wie kann das denn passieren?"

Er wiederholte diesen Satz immer wieder gebetsmühlenartig und wandte seinen Blick nicht von dem sandigen Körperteil.

Dann erreichten Sabine, Heller und ihr Team endlich den stotternden Mann.

Heller kniete sich neben Nils und legte ihm seine Hand auf die Schulter, pustete ihm vorsichtig ins Ohr und hauchte ein leises, aber förmliches: „Nils-Henning Örsted, sind Sie zu Hause?"

Der bis zu dieser Sekunde offensichtlich verstörte Mann drehte just seinen Kopf, gewann seine Körperspannung zurück und sah Heller an!

„Moin, Steffen, guck mal, was ich gefunden habe. Hier wachsen Füße aus dem Watt. Habe ich ja noch nie gesehen."

„Moin, Nils", antwortete Steffen, „deswegen sind wir jetzt hier, um das rauszufinden. Magst du nicht mal aufstehen?"

Nils-Henning nickte und erhob sich.

Langsam, ganz langsam, und Sabine verfolgte mit fast ungläubigen Blicken, wie aus dem Häufchen Elend im Watt ein Zweimetermann wurde, der aufrecht und imposant vor ihnen stand.

Er fixierte immer noch den Fuß, deutete auf ihn und mit fast verzweifelter Stimme sagte er:

„Aber die Fußnägel hätte er sich bitte noch schneiden können."

Sabine konnte nur schwer ein Prusten unterdrücken, erahnte aber die fragile psychische Situation, in der sich der Wattriese da vor ihr befand.

Offensichtlich hatte diese Situation den ehemaligen Polarforscher aus seiner Umlaufbahn geworfen und bevor sie jetzt durch unbedachtes Verhalten einen totalen Zusammenbruch riskierte, schwieg sie lieber.

„Sollen wir den Rest von dem Fuß jetzt mal ausbuddeln?", fragte einer der Kollegen, der offensichtlich ungeduldig wurde.

Heller sah zu den vier Männern, dann zu seinem großen Freund und gab das O. K. für die Grabung.

Einer der vier Männer stand steif, ungerührt und wie festgenagelt an seinem Platz.

Er machte keine Anstalten, den anderen dreien zu helfen, doch er reagierte auf Hellers durchdringenden Blick mit dem entrüsteten Ausruf: „Ich bin der Pathologe!"

Steffen Heller liebte solche Menschen und Sabine wusste, wie dünn das Eis war, auf dem sich der Mediziner gerade bewegte.

Doch statt eines Wutausbruches kam von ihrem Kollegen nur ein flapsiges: „Ach, entschuldigen Sie, Professor, dann wissen Sie ja nur schwerlich, wie man mit einer Schaufel umgeht."

Heller machte einen Schritt auf den Mediziner zu, griff nach dem Spaten und nahm dem Arzt das Werkzeug aus der Hand, drehte sich um und ging zu den Kollegen, um ihnen zu helfen. Bevor jedoch einer der vier verbeamteten Totenausgräber einen Spatenstich tat, legte Steffen Heller seine Hände um die Extremität und zog daran.

Beim ersten Versuch bewegte sich nichts, doch beim zweiten, als Heller Luft geholt und sich scheinbar in die optimale Stellung gebracht hatte, löste sich der nasse Boden und das ganze Bein brach langsam durch die graufeuchte Bedeckung, sodass es ganz zu sehen war.

Vom Fuß bis zum Oberschenkel.

Jetzt war auch klar, dass die Leiche splitternackt sein musste.

Zumindest untenrum.

Die Ausrichtung, in der sie graben mussten, war jetzt eindeutig und so begannen sie das Watt umzupflügen und den Leichnam Stück für Stück freizulegen.

Nils-Henning, der etwas abseits stand und dem ganzen Treiben doch eher etwas skeptisch zusah, deutete mit seinem ausgestreckten Zeigefinger auf die inzwischen zum großen Teil freigelegte Leiche und stammelte:

„Das ist Fipe."

Heller und die anderen Männer stellten umgehend das Graben ein und schauten zu dem zerbrechlichen Riesen, der jetzt kerzengerade mitten im Watt stand und auf die Tätowierung auf dem linken Oberschenkel deutete.

„Da, der Hering auf seinem Oberschenkel, den kenne ich. Den hat nur Fisch-Peter", wiederholte er.

Heller machte einen Schritt über den noch immer im Schlick steckenden, nackten Körper und tatsächlich, auf dem rechten Oberschenkel war ein Hering eintätowiert.

Er wollte sich jetzt keine Gedanken darüber machen, wie bescheuert oder betrunken man sein musste, um sich einen Fisch auf den Oberschenkel tackern zu lassen, nein.

Das wäre ein Job für einen Psychologen oder Therapeuten, aber nicht seiner.

Aber nun gut, jeder wie er mag. Die Arschgeweihe standen ja nun auch nicht wirklich jeder Frau, warum als Mann also keinen Fisch auf dem Oberschenkel. Das war doch zumindest ein Statement, eine Aussage:

Ich bin Mann, Angler und Naturbursche.

Von einer derartigen Aussage waren die Rückenverzierungen vieler Damen weit entfernt.

Als sie den Watttaucher dann vollständig ausgegraben und freigelegt hatten, pfiff Heller laut und auffordernd durch die Lippen, und ohne sich umzudrehen machte er eine auffordernde Handbewegung in Richtung des Arztes, der sich die Leiche ansehen sollte, bevor sie gleich abtransportiert werden würde.

Heller informierte in der Zwischenzeit mit kurzen Worten das örtliche Bestattungsunternehmen, das in solchen Fällen immer gerufen wurde, um die Leiche erst einmal abzutransportieren.

Der Mediziner trat vorsichtig von hinten an Hellers Seite, beugte sich nach vorne und stach mit seinem, mit einem Handschuh geschützten ausgestreckten Zeigefinger in den Rücken des Opfers.

„Und, Doc", fragte Heller leise, „ist er tot?"

Der Arzt sah entgeistert zu Steffen auf und wandte sich wieder dem leblosen Körper zu.

„Der muss zu mir auf den Tisch, so schnell es geht", gab er mit ruhiger Stimme in die Runde, dann nahm er seinen Rucksack vom Rücken, löste ein paar Riemen und aus dem kleinen Rückenbeutel wurde eine durchaus stabil aussehende Plane.

Sie zogen sich ihre Handschuhe an, um dann den nackten Mann zusammen auf die Plane zu hieven, der bis jetzt mit dem Gesicht nach unten im Sand gelegen hatte.

Als der Arzt ihn aber auf den Rücken drehte, konnte man in weit aufgerissene Augen sehen, der Mund war voller Sand und er hatte ein Einschussloch an der linken Schulter.

Sabine zuckte zusammen, denn auch sie kannte den Mann, der da vor ihr lag.

Der Fischhändler Peter Petersen, der sein Geschäft in einer kleinen Seitengasse am Hafen hatte. Ein Fischhändler mit Tradition. Seit vier Generationen machten die Petersens nichts anderes, als den frischesten und besten Fisch zu fangen und ihn doch relativ günstig zu verkaufen!

Eine alteingesessene Husumer Familie.

Was sollte einen Menschen, der sich mit nichts anderem beschäftigte als mit Fischen, zu einem Kugelfang machen?

Das konnte sie sich beim besten Willen und mit aller Fantasie nicht vorstellen.

Die drei Polizisten und der Arzt, die für den Abtransport von Fipe zuständig waren, hoben den sandigen Körper aus der Mulde und legten ihn auf die daneben liegende ausgerollte Plane.

Inzwischen waren auch zwei Vertreter des Beerdigungsunternehmens am Ort des Geschehens eingetroffen. In geschniegelten und leicht schimmernden schwarzen Anzügen und dazu passenden Gummistiefeln.

Sie hoben Peter Petersen von der Plane in einen leichten Aluminiumsarg, den sie die kurze Strecke über das Watt zum Abtransport mitgebracht hatten.

Mit einem dumpfen Geräusch glitt der Fischer in die Kiste. Der Deckel wurde geschlossen und die Totengräber, wie Heller alle Beschäftigten aus dieser Branche nannte, trugen den Alusarg mitsamt dem Aushängeschild für guten Fisch mehr schlecht als recht und unsicher auf dem feuchten Untergrund zurück an Land.

Nils-Henning stand mit seinen zwei Metern kerzengerade, aufrecht und regungslos an seinem Platz und verfolgte mit weit aufgerissenen Augen, wie die vier Männer seinen alten Freund Richtung Festland brachten.

Dann wanderte sein Blick an der Küste entlang und blieb an der kleinen Gruppe seiner Wattwanderfreunde hängen.

„Ich muss mich jetzt um die Gäste kümmern", quetschte er zitternd aus seinem halb geöffneten Mund, „die wissen doch gar nicht, was sie jetzt machen sollen."

Er blickte in Richtung Steffen Heller, der kurze Blicke mit seiner Kollegin austauschte und dann Nils zunickte und sagte: „Mach dich vom Acker, also vom Watt, und kümmere dich um deine Gäste. Wenn wir noch Fragen haben, melden wir uns bei dir."

Nils ging an Heller vorbei und legte ihm, als er ihn passierte, seine mit Sand und Schlick bedeckte Handfläche auf die Schulter und hinterließ einen nassen, tropfenden Klumpen, den Heller ansah und dann beschloss, ihn zu ignorieren.

Er würde trocknen und abfallen.

Die Sabine und Steffen standen da, schauten sich an und waren bereit zu gehen, als Steffen Heller sich umdrehte, über die überdimensionale Sandbank schaute, seinen Arm hob und mit seinem Zeigefinger in die Ferne deutete.

„Siehst du das dahinten, Sabine?", fragte er sie in einem flüsternden Ton.

Seine Kollegin drehte sich um und versuchte etwas zu finden, auf das Heller deuten könnte, aber nichts.

„Nein, Steffen, da sehe ich gar nichts", antwortete sie.

Er deutete weiter in die angezeigte Richtung und drehte seinen Kopf zu ihr: „Ist auch nicht wichtig, ob oder was du siehst. Du musst dir nur immer sicher sein, dass er da ist. Immer!
„Sein Haupt ruht dicht vor Englands Strand,
Die Schwanzflosse spielt bei Brasiliens Sand.
Es zieht, sechs Stunden, den Atem nach innen
Und treibt ihn, sechs Stunden, wieder von hinnen.
Trutz, Blanke Hans."

Sabine sah ihren Kollegen an.
Beide schwiegen.

Dann lachten sie kurz, schauten sich noch einmal um und verließen dann den Ort des Verbrechens!

Auf dem Parkplatz angekommen, wechselten die beiden ihr Schuhwerk und setzten sich in den Wagen. Steffen Heller begann schon in seinem Kopf, die Verdächtigenliste zu bearbeiten.
„Wer macht denn bitte so was?", kam es ratlos und fast ein wenig weinerlich aus Steffens Mund. „Kannst du dir vorstellen, jemanden bei Ebbe im Watt zu vergraben?"
Steffen griff sich mit den Fingerspitzen an seine Stirn und schüttelte den Kopf.
„Nein, Steffen, aber mir fällt es schon schwer, mir überhaupt vorzustellen, jemanden umzubringen", konterte Sabine.
„Ja, da hast du wohl recht. Das gehört zusammen. Erst mal so kaputt sein, dass man jemanden töten kann und der Rest kommt dann wahrscheinlich von alleine. Das hat mich fertig gemacht in Hamburg. Jeden Tag zu sehen, wie Menschen miteinander umgehen.

Wie kaltschnäuzig, ignorant und abweisend wir uns alle oft verhalten, obwohl wir wissen, dass wir ohne den und die anderen überhaupt nicht existieren können. Konnte ich einfach nicht mehr verpacken den Scheiß."

Dass das nur eine zurechtgelegte Floskel war, mit der er seine eigenen Fehler kaschieren und auch seine Scheidung entschuldigen wollte, war nicht nur ihm klar, aber Sabine wollte ihn in der Hinsicht nicht weiter unter Druck setzen.

Wenn er irgendwann so weit wäre, würde er ihr schon die echten Gründe verraten, davon war sie überzeugt.

Er saß mit nach vorne geneigtem Kopf auf dem Beifahrersitz und Sabine konnte ihren alten Schulfreund nur aus dem Augenwinkel beobachten.

„Ich weiß genau, was du meinst, Steffen", versuchte sie ihn zu beruhigen, „ich habe ja innerlich auch gehofft, dass ich hier in Nordfriesland bei der Polizei eine ruhigere Kugel schieben kann als eben du in einem Großstadtrevier. Ist aber nicht so. Wir haben uns den Job nun mal ausgesucht und auch wenn wir täglich den ganzen Mist sehen, der um uns herum passiert, so haben wir doch die Geräte, um den Stall auszumisten, und nicht immer nur, wie alle grundsätzlich von uns Beamten denken, eine ruhige Kugel zu schieben."

„So ist das mal, Sabine. Die ruhige Kugel, von der du gerade gesprochen hast, die hat irgendjemand unserem Fischhändler durch die Schulter gejagt", resümierte Heller.

Er verharrte in seiner gekrümmten Haltung, rieb sich mit seinen Fingern die Augen, atmete tief ein und just in diesem Moment löste sich der Matschklumpen von seiner Schulter und fiel in den Fußraum des Wagens vor ihm.

Er musste grinsen.

„Hab ich doch gesagt, fällt ab."

Sabine nahm nur beiläufig Notiz von dem Stück Watt, dass da gerade in den Dienstwagen geplumpst war. Das Auto musste ohnehin in die Waschstraße und sauber gemacht werden, also war das jetzt auch nicht mehr so schlimm.

„Was machst du heute noch, Steffen?" fragte sie, während sie den Blinker setzte und in Richtung Zingel einbog.

„Ich setz mich jetzt in meinen Garten auf einen Stuhl, lege meine Füße auf den anderen Stuhl und werde ein schönes kaltes Bier trinken und den Rest meines angeblich freien Tages genießen", zählte Heller auf, dann machte er eine kurze Pause und warf Sabine einen fragenden Blick zu: „Willst du auch ein Bier?"

„Danke für die Einladung, Steffen, aber ich muss erst noch ein paar Dinge im Büro erledigen. Verwandte von Fisch-Peter suchen und informieren und den Papierkram erledigen. Wenn du dann noch magst, komm ich später vorbei."

Heller überlegte nicht lange und gab für den späteren Zeitpunkt sein Einverständnis.

Eine echte Einweihungsparty hatte es noch nicht gegeben, das hatte er auch nicht vor, aber mit dem Besuch von Sabine könnte sich sein Gefühl, eben doch noch nicht ganz in Husum angekommen zu sein, ein wenig legen.

Er stieg vor seiner Wohnungstür aus dem Wagen, verabschiedete sich und blieb dann noch eine Weile auf dem Bordstein stehen, schaute Sabine hinterher und musste sich sehr über sich selbst wundern.

Die Welt konnte oft so einfach sein.

Die Lösungen lagen doch überall auf der Straße.

Er schloss die Haustür auf, ging die halbe Treppe nach unten und betrat seine Wohnung.

Falls er heute noch Besuch bekommen würde, sollte er noch ein wenig aufräumen.

Nur ein wenig!

Es war ja schließlich sein freier Tag.

Unweit entfernt, ein Stück weiter unten am Hafen, saßen die beiden Männer Jan Jensen und Johann Petersen, die angeleinten Freizeitkapitäne, auf ihrem Kutter und beobachten in aller Seelenruhe, wie der Tidenhub langsam einsetzte. Das Wasser floss fast vorsichtig zurück in das Husumer Hafenbecken und wenn man einen Punkt an der Kaimauer fixierte und ihn über die obere Kante der Reling anpeilte, konnte man beobachten, wie sich das Schiff ganz langsam hob.

Aber eben wirklich nur sehr langsam.

Die beiden Männer genossen diese ruhigen Augenblicke und da sie heute nichts Besonderes mehr vorhatten und hier auch nicht in einem Expressfahrstuhl eingesperrt waren, nahmen sie sich einfach die Zeit.

Das Leben ist ja oft hektisch genug und wenn man dann die Möglichkeit hat, dieses Naturphänomen zu beobachten, dann sollte man diese Zeit auch nutzen.

Die Sonne stand jetzt in ihrem Zenit und strahlte senkrecht auf die beiden Männer herunter.

Sie drehten ihre Stühle so, dass sie ihnen genau in ihre Gesichter schien, sie schlossen ihre Augen und fühlten sich hier zwischen auflaufendem Wasser, Möwengeschrei und dem Geruch von Salzwasser, der dezent mit einem gewissen Anteil Fisch durchsetzt war, einfach am wohlsten.

Das war Natur und das hier war ihr Zuhause.

Und besser ging's doch einfach gar nicht.

Jan stopfte sich seine Pfeife, zündete sie an und schmeckte den Geschmack von diesem erdig-würzigen und mit Whiskey vermischten Aroma in seiner Mundhöhle. Er spitzte die Lippen, als wollte er pfeifen und blies den weißen Qualm durch die schmale Öffnung seines Mundes in die windstille Sommerstimmung.

Und während das Wasser lautlos in den Hafen zurückströmte, sich das Leben draußen auf den Sandbänken wieder darauf einstellte, vom kalten Salzwasser der Nordsee bedeckt zu sein und sich der Kutter wieder auf das Niveau der Kaimauer hob, nahm auch die Geschäftigkeit am Hafen wieder das gewohnte Tempo auf.

In dieser kraftvollen Stimmung, die über dem Watt und der Stadt lag, durchwühlte Steffen Heller seine Kartons nach einem zweiten Glas, und die beiden Männer beobachteten auf dem Heck ihres Kutters die langsame Aufwärtsbewegung der Natur, die Welt also ihren ruhigen und entspannten Lauf nahm, betrat Sabine das Fisch-Feinkost-Geschäft Petersen! Der Laden war gut besucht und die beiden Verkäufer hinter dem Glastresen hatten jede Menge zu tun. In der Auslage frischer Fisch auf Eis gelegt. Ihr hatten diese Fische schon als Kind immer leidgetan, auch wenn sie in Husum aufgewachsen war. Sie lagen auf Eis und mussten doch frieren, hatte sie immer als Kind gedacht; und dann diese Augen, die einen direkt ansahen und immer um Hilfe zu betteln schienen. Fisch war einfach nie wirklich ihre erste Wahl beim Essen gewesen!

Dann sah einer der Verkäufer sie an.

„Moin, was kann ich für Sie tun?", fragte er trotz des hohen Besucheraufkommens in einem sehr freundlichen Ton.

„Moin, Sabine Bauer, Polizei Husum, sind Sie Enno Petersen? Kann ich Sie kurz sprechen?"

Der Mann warf seinem Kollegen zur Linken einen kurzen Blick zu und als der nickte, deutete er Sabine durch eine einladende Handbewegung an, dass sie ihm folgen solle.

Vorbei an metallenen Tischen, auf denen ganz offensichtlich die Fische ausgenommen wurden, ging es durch einen weiß gekachelten Flur in einen hell gestrichenen Raum mit hohen Terrassentüren zum Garten hin. Ein alter dunkler Teakholztisch war in der Mitte des Raumes positioniert, an dem vier Stühle standen.

Enno Petersen fragte, ob Sabine etwas trinken wolle und bot ihr einen Platz an.

Sie setzte sich an das Kopfende und Enno reichte ihr das erbetene Glas Wasser.

„Herr Petersen, wissen Sie, wo Ihr Bruder sich zurzeit aufhält?", startete Sabine ihre Befragung.

„Peter …", überlegte Enno Petersen, „Peter ist vor zwei Tagen gegangen, um etwas zu erledigen. Was das sein sollte, hat er mir nicht erzählt. So war er eben. Daran habe ich mich im Laufe der Jahre gewöhnt. Er sagte mir, wenn überhaupt, immer nur ansatzweise, was er vorhatte, und war dann öfter mal für ein paar Tage verschwunden."

Enno griff in seine Latzhose, zog ein Päckchen Tabak hervor und begann, sich eine Zigarette zu drehen.

Als er die Gummierung des Blättchens anleckte und seine Zunge aus seinem Mund streckte, warf er ihr einen erneuten Blick zu.

„Sie sind doch mit meinem Bruder zusammen zur Schule gegangen, oder?"

Sabine nickte und sah Enno ernst an.

„Herr Petersen, ich muss Ihnen eine traurige Nachricht
überbringen. Ich muss Ihnen mein tiefstes Bedauern ausdrücken
und es tut mir leid, aber wir haben Ihren Bruder heute im Watt
gefunden, vergraben im Watt", erweiterte sie ihre Aussage.
Enno Petersen stellte alle Funktionen seines Körpers ein, bis
aufs Atmen und stützte sich mit beiden Armen auf einer breiten,
weißen Arbeitsfläche ab, auf der normalerweise die frischen
Fische ausgenommen und filetiert wurden.
Sabine sah ihm in die Augen und hatte den unweigerlichen
Eindruck, sie würde einen Fisch in der Auslage ansehen.
Blaugraue, wässrige, kleine Augen starrten sie regungslos an.
Enno drehte ohne hinzuschauen weiter an seiner Zigarette, was
überhaupt keinen Sinn hatte, da das Blättchen schon zerrissen
war und er nur noch die letzten Fasern des Tabaks in seinen
Fingern hielt.
Seine bislang gesunde Hautfarbe war jetzt einem Kalkweiß
gewichen und glich eher der frisch getünchten weißen Wand,
vor der er stand; und hätte Sabine nicht gewusst, wo genau
Enno Petersen gestanden hätte, wäre er vor diesem Hintergrund
verschwunden.
„Wissen Sie irgendetwas darüber, wohin er wollte?
Irgendetwas? Eine Ahnung? Einen Verdacht?", setzte Sabine
nach.
„Wissen Sie, was er vorhatte?", konkretisierte sie ihre Frage.
Enno Petersen starrte auf die polierte Tischplatte und schüttelte
den Kopf.
„Wir haben seit Wochen einen Streit darüber, wie dieses
Geschäft am besten zu führen ist. Peter ist ein guter Verkäufer,
aber als Einkäufer hat er gravierende Fehler gemacht. Zu teuer
eingekauft und zu billig verkauft. Und auch der Kutter, mit dem
er immer noch rausfährt, um mit einem kläglichen Fang wieder
in den Hafen einzulaufen, war ein Streitpunkt.

Ein viel zu hoher Kostenfaktor. Der Laden wirft seit Monaten nicht mehr genug für uns, unsere Familien und die Angestellten ab. Peter wollte das nicht einsehen und suchte nach anderen Wegen.

Er wollte touristische Angeltouren anbieten und den alten Krabbenkutter so zu einer ‚finanziellen Säule' unseres Geschäfts machen, wie er es ausdrückte. Aber wie ich Ihnen schon sagte, was er genau vorhatte, wollte er mir erst sagen, wenn er wieder zurück sein würde. Ich habe nicht den blassesten Schimmer, was er tun wollte", schluchzte Enno und begann zu weinen.

Seine Tränen rollten über seine Wangen und tropften auf die blanke Tischplatte.

Enno wischte sie mit seinem Ärmel weg und blickte zu Sabine.

„Entschuldigung", schluchzte er.

Sabine versuchte den Mann zu beruhigen.

„Wo hat Ihr Bruder gewohnt und haben Sie einen Schlüssel zu seiner Wohnung?", fuhr sie leise fort. „Wir müssen uns dort einmal umsehen und Spuren überprüfen, Dokumente sichten."

Enno Petersen kramte in seiner weißen Latzhose und zog einen Schlüsselbund hervor, an dessen Ende ein kleiner blauer Plastikhering hing.

Er legte ihn vor sich auf den Tisch und begann einen der metallenen Türöffner von dem Ring zu lösen, an dem noch etliche andere befestigt waren.

Enno Petersen schaute kurz auf und schob Sabine einen alten, abgegriffenen Schlüssel über die Tischplatte.

„Hier, Frau Kommissarin, einfach die Treppe hoch, zweite Tür auf der linken Seite. Das war sein Zimmer. Er hat nie mehr gewollt als das und hat auch nie Anstalten gemacht auszuziehen. Von Geburt an lebte er in dem Zimmer.

Veränderungen waren eben nicht so seine Stärke. Schauen Sie sich um und nehmen Sie mit, was Sie brauchen", krächzte er mit immer noch sehr verweinter Stimme.

Sabine machte sich auf den Weg, ging den schmalen Flur ein Stück runter und stieg dann die Treppe nach oben in den ersten Stock zu dem Zimmer, in dem der Vergrabene jahrelang gelebt hatte.

Vorsichtig steckte sie den Schlüssel in das Schloss und drehte ihn nach links.

Die Tür öffnete sich ohne ein Quietschen oder Knarren und dann stand sie in der Welt eines Fischers, der außer Ebbe und Flut scheinbar keine Veränderungen in seinem Leben geduldet hatte.

An den Wänden hingen Seekarten von der Nordseeküste, auf denen verschiedene Kurse abgesteckt und einige Gebiete markiert waren. In den Zwischenräumen Kinderfotos, Familienaufnahmen und ein Brief zu Peters achtzehntem Geburtstag. Sabine machte Fotos und ging dann zu dem Schreibtisch, der am Fenster des lichtdurchfluteten Raumes stand.

„So muss ich meinen auch mal aufräumen", dachte sie bei sich und musste lächeln.

Gut sortierte Hefter mit Fangquoten, Schiffszulassungen und der Korrespondenz mit anderen Unternehmen.

Sie griff nach ihrem Handy, wählte die Nummer des Reviers und veranlasste, dass die Kollegen der KTU kommen und Spuren sichern sollten.

Sie verließ das Zimmer, schloss ab und ging wieder die Treppe runter in Richtung Enno.

Er saß nach wie vor an dem Tisch, nach vorne gebeugt und atmete kaum hörbar auf die Tischplatte.

Sie konnte es an den kondensierenden Wasserperlen sehen, die sich bei jedem tiefen Atemzug auf der Tischplatte bildeten.

Enno hob langsam seinen Kopf.

„Was gefunden, Frau Bauer?", fragte er.

Sabine setze sich wieder auf den Stuhl gegenüber und erläuterte Enno Petersen die nächsten Schritte.

Er willigte ein und sah keine Probleme mit einer Durchsuchung des Zimmers seines Bruders, bat lediglich darum, dass die Männer der KTU ihn telefonisch kontaktieren würden, damit sie nicht alle durch den Verkaufsraum gehen mussten. Er gab ihr seine Handynummer und bat um Verständnis, weil der Betrieb selbst nach so einer Nachricht weiterlaufen würde.

„Wir haben heute am Morgen fangfrischen Fisch bekommen. Den können wir entweder verkaufen oder wegwerfen, und wegwerfen können wir uns nicht leisten", fügte er hinzu.

Sabine konnte das nachfühlen und nachdem sie sich vergewissert hatte, dass es ihm den Umständen entsprechend ging, schob sie ihm noch ihre Karte über den Tisch und bat ihn, sich zu melden, falls ihm noch etwas einfallen würde.

Dann stand sie auf und verließ Fisch-Feinkost Petersen durch den Hintereingang.

Draußen schien die Sonne, es roch nach Sommer und der blaue Himmel war endlos. Keine Wolke und nur vereinzelt mal eine Möwe. Auf dem Boden vor ihr pickte ein kleiner Spatz irgendwelche Samenkörner aus dem Blumenkasten, der unter einem Schaufenster hing.

Sie ging zu ihrem Auto und war entschlossen, jetzt einen netten Abend zu haben und dachte, dass das auch mit Steffen Heller möglich sein müsste.

Sie fuhr zu ihm, bekam das Bild des weinenden Fischverkäufers aber nicht aus dem Kopf.

Von dem stechenden Fischgeruch in der Nase mal ganz zu schweigen!

Steffen Heller hatte es aufgegeben, ein Glas zu finden und sich stattdessen in einen der Stühle in seinem Garten gesetzt. Er genoss die Sonne und das kalte Bier.

Seine Gedanken waren in Hamburg bei seiner Ex-Frau und dem, was er dort erlebt hatte.

„Schön geht anders", sagte er leise und nahm ein Schluck von dem frischen Pils.

Alles, was ihn aus Husum weggetrieben hatte, die Enge, die Spießigkeit, hatte ihn letztlich wieder hierher zurückgebracht.

Der Augenblick für einen Neuanfang war zwar etwas spät in seinem Leben, aber machbar.

„Alles ist machbar und zu jedem Zeitpunkt möglich", ging es ihm durch den Kopf.

Ein Zitat seines Vaters und egal, wie sehr er selbst immer über diesen Spruch gelacht hatte, richtig war er doch und es ärgerte ihn, dass er nicht mehr und auch längere Zeiträume mit diesem Mann verbracht hatte.

Er hob die Flasche gen Himmel und prostete seinem Vater zu.

„Lass es dir gut gehen, Vaddern", flüsterte er und in diesem Moment klingelte es an seiner Tür.

Heller stellte sein Bier vor sich auf den Rasen und ging in Richtung Wohnungstür.

Die Kartons standen offen im Wohnzimmer und einige der unerwarteten Fundstücke waren auf dem Boden verteilt.

Ein Bier- oder Weinglas hatte er bei seiner Aktion jedoch nicht gefunden.

Sabine hatte unterwegs noch ein Sixpack Bier besorgt und hielt es Heller, als er seine Wohnungstür öffnete, mitten in sein erstauntes Gesicht.

„Moin, Steffen, als kleines Geschenk zum Einzug. Ich weiß ja, du stehst nicht so auf Meissner Porzellan."

„Nee, nicht mein Ding", nuschelte Heller und bat sie herein.

Sabine folgte ihm, und während Heller das Bier im Kühlschrank verstaute, ging Sabine in Richtung offene Terrassentür und kam nicht umhin, die geöffneten Kartons im Wohnzimmer zu entdecken.

Ohne das Chaos zu kommentieren, ging sie geradewegs auf die Terrasse und setzte sich auf einen der zwei alten Korbstühle.

Heller folgte ihr mit zwei gekühlten Flaschen seiner Hausmarke.

Es ploppte zweimal, die beiden stießen an und Sabine nahm einen ersten großen Schluck.

„Sag schon", begann Heller, „was passt dir an der Gummistiefelgeschichte nicht? Du hast doch schon wieder einen Verdacht, oder?"

Sabine hielt die braunglasige Flasche wie ein Sonnenbrillenglas vor ihre Augen und schaute durch sie in den Himmel.

„Peter hat seit seiner Kindheit in dem gleichen Zimmer gewohnt", sagte sie leise. Die Petersens waren seine alteingesessene, Husumer Familie, mit alten Sitten, Gebräuchen und Angewohnheiten.

Fipe schien sich in diesem Umfeld wohlgefühlt zu haben.

Sein Berufswunsch war schon als kleiner Junge Fischer gewesen.

Was sollte einen Menschen, der sich mit nichts anderem beschäftigte als mit Fischen zu einem Kugelfang mitten im

Watt machen?

Was war da passiert?

Sabine hatte große Probleme, sich auch nur einen kleinen Grund vorzustellen, wie diese ganze Geschichte losgegangen war.

„Peter war schon in der Grundschule ein komischer Kauz", begann Steffen leise zu sinnieren. „Er hat nie Anstalten gemacht, sich aus den Spuren, die sein Vater oder seine Mutter hinterlassen hatten, abzusetzen. Er wollte schon mit elf Jahren von der Schule abgehen, um seinem Vater auf dem Kutter zu helfen; dass er dann wirklich noch seinen Abschluss gemacht hat, verwunderte nicht nur uns, also seine Mitschüler, sondern auch jeden Lehrer an unserer Schule damals."

Heller lehnte sich zurück, kniff die Augen zusammen, sah in die Sonne und fuhr dann leise fort, während er sich die Bierflasche, bereit für den nächsten Schluck, schon vor den Mund hielt.

„Komischer Kauz eben, der Peter."

Ein Gedanke, den Sabine still mit ihm teilte und jeder, der Fipe gekannt hatte – und das waren hier in Husum nicht wenige –, würde das auch bestätigen.

Er erinnerte sich daran, wie man Peter vor Jahren, während andere Schüler Bilder von Fußballspielern tauschten, oft am Rande des Schulhofs fand, wie er seine Blinker und andere Angelhaken sortierte.

Für Heller hatte es immer den Anschein gemacht, als wollte Fipe auch nirgendwo dazugehören, außer eben zu einer Angler- und Fischergang.

Sabine schaute immer noch durch das braune Glas der Flasche und kniff jetzt ein Auge zusammen.

„Wenn man über Bord fällt bei schwerem Seegang und egal ob Flut oder Springflut oder Sturm herrscht, keine Strömung pflügt dich so unter das Watt, wie es mit Peter geschehen ist.

Irgendjemand hat ihn vergraben und entweder war derjenige zu doof, um ihn vollständig zu verbuddeln, er hatte keine Zeit mehr und musste weg, oder die Flut hat sein Bein wieder freigespült."

„Oder", ergänzte Heller, „Peter hat noch gelebt und versucht, sich zu befreien."

Die beiden Polizeibeamten sahen sich an und bei dem Gedanken, im Sand oder Schlick vergraben zu werden, wurde beiden, trotz jahrelanger Berufserfahrung und etlicher Leichen in ihrer beruflichen Karriere, kalt.

Beide hielten Letzteres, also dass Peter noch versucht hatte, sich wieder aus dem Schlick zu befreien, für sehr unwahrscheinlich, aber der Gedanke verursachte einen eiskalten Schauer auf ihren Rücken, denn beide waren zur gleichen Zeit in ihren Kopfkinos und sahen den gleichen Film.

Dann holte Heller mit seiner Bierflasche aus und prostete Sabine zu.

„Gute Teamarbeit, Frau Kollegin. Der Fall ‚Tiefergelegter Schlicktaucher' wird durch uns in kürzester Zeit gelöst werden. Davon bin ich überzeugt."

Sabine lachte und war froh, mit einem Menschen wie Steffen Heller zusammenzuarbeiten, der selbst in einer solchen, doch eher pikanten Situation seine große und oft schnoddrige Klappe nicht halten konnte.

Sie stießen an und es erklang dieses wohltuende Geräusch von zwei schweren Glasflaschen, die aufeinandertrafen.

Beide tranken.

„Wie geht's denn deiner Mutter, Steffen?", fragte Sabine, nachdem sie die Flasche wieder abgesetzt hatte.

Heller schaute in den Himmel und seufzte.

„Sie will in ein Altenheim, meine Mutter will in ein Altenheim. Die Frau, die jeden Tag Fahrrad fährt, vor zwei Wochen einen

Französischkurs an der Volkshochschule begonnen hat, die noch immer absolut alles und selbstständig auf die Reihe bekommt, die will in ein Altenheim."

Sabine schaute ungläubig.

„Altenheim? Deine Mutter? In welches denn?" hakte sie nach.

„Ins Kloster St. Jürgen", antwortete Steffen, fast resignierend.

„Mann, Steffen, das ist doch kein Altenheim. Das ist eine Wohngemeinschaft von älteren Damen, die sich entschlossen haben, sich im Alter gegenseitig zu helfen, anstatt ihren Familien zur Last zu fallen. Du solltest eher stolz darauf sein, dass deine Mutter einen derartigen Schritt geht", versuchte Sabine ihn ein wenig aufzumuntern, auch wenn das, was sie sagte, nicht ganz der Wahrheit entsprach. „Also da ziehe ich meinen Hut vor deiner Mutter, denn im Prinzip ist das ein Neuanfang im hohen Alter oder wirst du dein Kinderzimmer vermissen, wenn sie das Haus verkauft?", sagte sie leise hinterher und begann dann zu lachen.

Steffen Heller sah zu ihr und musste auch grinsen.

„Du wirst recht haben, mir kommt meine Mutter dann nur noch älter vor, als sie ohnehin schon ist und ich glaube, dass ich mehr Angst vor ihrem Schritt habe als sie und auch Schwierigkeiten haben werde, sie dort zu besuchen, also am Anfang eben."

Steffen Heller machte eine kurze Pause, trank einen Schluck und setzte dann fort: „Mal sehen, weiß ich ja jetzt noch nicht."

„Eben", gab Sabine zurück, „abwarten und Bier trinken."

Sie hielt Heller ihre Flasche in Wartestellung in sein Blickfeld, der wiederum verstand sofort, um was es ihr ging.

Sie stießen an, lachten und stießen wieder an.

Der Tag zog langsam und ruhig an ihnen vorüber, so gelassen wie eine Möwe, die an einer Küstenpromenade im Wind schwebt, alles im Blick hat und nur darauf wartet, dass einer dieser dusseligen Touristen sein Fischbrötchen für eine Sekunde aus den Augen lässt, um dann im Sturzflug niederzustoßen, es sich in den Schnabel zu klemmen und auf Nimmerwiedersehen in Richtung Horizont zu verschwinden.

Während Steffen und Sabine die Sonne und die Ruhe des Gartens genossen, schlenderte Frau Margarete Heller durch ihr Haus. Ihre Fingerspitzen berührten die Wände der Zimmer, in denen sie sich befand und die sie inspizierte. Auch sie war sich noch nicht sicher, ob sie den Schritt in den Altenstift wirklich wagen sollte.

Ihre Vergangenheit, ihr Leben hatte hier stattgefunden. Hier hatten sie als Familie gelebt und alles zusammen erlebt.

Die guten Zeiten, die nicht so ganz tollen Tage und die richtig schönen, von denen, wenn man sein Leben richtig ausrichtet, doch mehr als genug da sind, wenn man sich die Zeit nimmt und in aller Ruhe zurückschaut.

Sie stand in ihrem ehemaligen Arbeitszimmer, in das sie sich auch heutzutage noch zurückzog, um nachzudenken oder einen klaren Gedanken zu finden.

Sie schaute auf die deckenhohen Bücherborde, setzte einen ernsten Blick und ihre Brille auf und schaute über den Rand ihrer Lesebrille hinweg.

Sie hob ihren Zeigefinger, stellte sich aufrecht hin und sagte: „So, ihr Lieben, bald heißt es Abschied nehmen. Ich ziehe hier aus. In eine kleinere Behausung und das heißt, dass ich euch nicht alle werde mitnehmen können. Und so schwer es mir auch fallen mag, ich werde viele von euch weggeben müssen. Ich bin auch nicht mehr in dem Alter, wo man auf eine Leiter oder einen Stuhl steigt, um die oberste Reihe seine Bücher im Bord abzustauben. Die Zeiten sind vorbei. Wie meine Auswahl ausfallen wird, das kann ich euch beim besten Willen nicht sagen.

Sobald ich eine Idee habe und Kriterien, sage ich euch Bescheid und wir können über alles reden. Das konnten wir ja immer. Also lehnt euch erst mal zurück und lasst uns unsere letzten Tage hier gemeinsam genießen."

Während sie das sagte, drehte sie sich im Uhrzeigersinn, als stünde sie in der Mitte eines Stuhlkreises.

Nun sollte auch jeder mitbekommen, wie die weitere Entwicklung aussah, was passieren würde und außerdem war es einfach höflich, jeden Einzelnen anzuschauen.

Sie ließ noch einmal lächelnd ihren Blick durch den Raum schweifen, um dann Richtung Tür zu gehen. Sie drückte den Schalter, löschte das Licht und verließ den Raum. Draußen auf der Schwelle zog sie die Tür mit geschlossenen Augen leise hinter sich zu und ging zum Wohnzimmer.

Das hier war ein wirklich schönes Haus, das in der richtigen Straße und der passenden Stadt stand.

Was hatte sie je mehr von ihrem Leben gewollt.

Nils-Henning Örsted saß auf seinem Balkon und schaute in den Himmel.

Er hatte die Rückenlehne so weit zurückgestellt, dass er seinen Kopf nicht nach hinten legen musste.

Er lag fast waagerecht zum Boden.

Er atmete langsam und tief durch den Mund ein und aus.

Seine Lippen waren nur einen kleinen Spalt geöffnet und ab und zu landeten Fliegen oder Mücken in seinem Gesicht und krabbelten über die Oberlippe hinauf zur Nasenspitze, um sich dann auf dem Rücken seines ausgeprägten Riechorgans eine Pause zu gönnen.

Nils-Henning selbst registrierte das nicht.

Wie sollte er auch?

So hatte er doch immer noch den nackten weißen Unterschenkel aus dem Watt vor Augen.

Ein Bild, das er nicht so schnell und wenn überhaupt vergessen würde.

Er griff neben sich nach der Flasche Linie, ein Aquavit mit circa. 41 Prozent, die er für genau solche Situationen immer gekühlt im Eisfach aufbewahrte.

Nicht, dass er ständig in solche Situationen hineinschlitterte, wahrlich nicht. Bis zum heutigen Tag hatte er noch nie einen derart frischen Toten gesehen, aber man wusste ja nie, was kommen konnte.

Heute war es eben geschehen und dafür hatte er diese Flasche gebunkert.

Es war ein Geschenk des Kapitäns des Schiffes, mit dem er seine letzte Polarforschungsreise gemacht hatte, also ein echtes Original.

Um sich selbst und seinen Kopf nicht großartig bewegen zu müssen, hatte er einen langen Strohhalm in die Flasche gesteckt und musste nur daran saugen, um das hochprozentige Beruhigungsmittel in sich aufzunehmen.

Er war froh, dass seine Frau und die zwei Kinder zurzeit bei der Schwiegermutter in Kappeln waren.

Er hätte es jetzt nicht verkraftet, ihnen zu erzählen, was passiert war und sich dafür zu entschuldigen, dass er sich so ganz anders als sonst verhielt.

Sie fehlten ihm ganz ohne Frage, doch auch mit diesem Gefühl in der Brust wusste er,

dass die kurze Einsamkeit doch besser für ihn war.

„Nils-Henning Örsted, du bist ein komischer Kauz", flüsterte er sich leise zu.

Musste ja kein anderer mitbekommen, wie er bisweilen über sich selbst dachte.

Dann zog er erneut an dem Strohhalm und der Geschmack brannte auf seiner Zunge.

Das tat einfach gut.

Morgen würde er die gelben Gummistiefel seiner Kinder, seiner Frau und seine eigenen heimlich und selbstverständlich umweltgerecht entsorgen.

Das Gelb würde ihn immer wieder an den vergangenen Tag und die Geschehnisse erinnern und im Zweifelsfall müsste er es seinen beiden kleinen Kindern erklären, was er im Watt gefunden hatte.

Sein Kinder hatten bei Dingen, die sich ihnen nicht sofort erschlossen, immer endlos viele Fragen und er wollte sich da nicht in einem Gewirr aus Ausreden verheddern, aus dem er am Ende keinen Ausweg mehr fand.

Dann lieber die Stiefel verschwinden lassen, sich dazu eine schlüssige Geschichte ausdenken und ihnen die neuen Schuhe an die gewohnten Plätze stellen.

Stattdessen würde Nils-Henning blaue Stiefel kaufen und sich noch eine passende Geschichte für den Farbentausch der Regenbekleidung ausdenken.

Das musste er auch, denn seine Töchter liebten ihre quietschgelbe Fußbekleidung.

Fragen, mit denen er sich auseinandersetzen würde, wenn die Zeit gekommen war.

Jetzt hieß es erst einmal Sterne am Nachthimmel zählen, das Bild aus dem Watt vergessen und die Flasche leer trinken.

Er griff auf der anderen Seite der Liege auf den warmen Boden und tastete nach der Fernbedienung für die Anlage.

Da war sie.

Er hob den Arm, zielte mit ihr in den Innenraum des Wohnzimmers und drückte auf Play.

Umgehend ertönte seine Lieblings-CD – Tutu von Miles Davis.

Auch wenn er selbst kein Instrument spielte und bis vor wenigen Jahren nie auf die Idee gekommen wäre, eine derartige Auswahl seiner akustischen Genüsse zu treffen, so hatte es ihm diese CD besonders angetan.

Sie war tief in ihm verwurzelt, was letzten Endes daran lag, dass sie der Soundtrack zur Beobachtung seiner ersten Nordlichter am Polarkreis gewesen war.

Er erinnerte sich genau, als sie in klirrender Kälte in der Nock, das sind diese kleinen Balkone Backbord und Steuerbord, also links und rechts an der Brücke, gestanden hatten, die Polarlichter glühten und der Kapitän eben diese Musik dazu auf der Brücke leise, aber hörbar im Hintergrund laufen ließ.

Eine schöne Erinnerung, die sich in all den Jahren immer tiefer in ihm eingebrannt hatte.

Apropos brennen.

Er zog erneut an seinem überdimensionalen Strohhalm und konnte den Geruch des aufsteigenden Getränks schmecken, gleichzeitig konnte er an dem schlürfenden Geräusch aus der Tiefe der Flasche erraten, dass sein Narkotikum bald zu Ende sein würde.

„Ach, was soll's", flüsterte er und die muskulären Bewegungen in seinem Gesicht schreckten ein paar Fliegen auf.

Er sog den Rest des bernsteinfarbenen Saftes in sich auf, schloss die Augen und schlief mit einem schlechten Geschmack im Mund und Miles Davis im Hintergrund ein.

Die Welt ist schon in Ordnung, so wie sie ist, sie könnte aber manchmal ein bisschen besser sein.

Nils-Henning träumte sich in eine ruhigere Welt.

Der nächste Morgen kam und Heller rollte sich aus seinem Bett wie ein Teenie, der schwört, dass er nie wieder Alkohol anrührt.

Er bemühte sich, den Aufwachprozess so schnell und reibungslos zu vollziehen, wie es ihm in seinem Zustand möglich war.

Es war ihm ein Rätsel, warum er sich so fühlte wie in diesem Moment, da er nicht übermäßig viel Alkohol in sich hineingeschüttet hatte.

Konnte aber passieren.

War nun mal so und nach einer ausgiebigen Dusche und gründlichem Zähneputzen nahm er sich Jacke und seine Sonnenbrille und verließ seine Wohnung Richtung Büro.

Er ging durch die noch nicht allzu befahrenen Straßen dieser kleinen Stadt, die jetzt schon gefüllt war mit dem Flair von Gelassenheit und Ruhe, dem stetigen Gefühl, an einem Urlaubsort zu leben.

Das war schon ein Gefühl, das er in Hamburg so nie erlebt hatte.

Sicher gab es dort andere Vorteile.

Mehr Kneipen und Freizeitmöglichkeiten, kulturelle Angebote aller Art. Aber letzten Endes war es doch so: Wenn man in so einer riesigen Stadt lebte und in einem fort mit diesen Offerten überflutet wurde, nahm man sicherlich am Anfang so viel davon mit, wie es ging, aber eben nur so lange, bis man sein Lokal und seinen Veranstaltungsort gefunden hatte.

Von da an schränkte man sich ein und das führte dann irgendwann dazu, dass man selbst das irgendwann nicht mehr nutzte und zu Hause blieb.

Also war die letztendliche Frage: Was bringt einem die Großstadt, außer Job und der Möglichkeit, alles zu machen, was man dann doch nicht tut? Ist das dieser Freizeitstress, von dem immer alle reden? Er konnte es sich nicht erklären, denn hier in

Husum und auch in anderen kleineren Städten war es doch so:
Ein geringeres Angebot führte dazu, dass man sehr viel genauer
hinsah und aussuchte, was einem geboten wurde, und für große
Konzerte konnte man schnell überall sein.

Flensburg, Hamburg, Kiel und Lübeck; das lag hier alles um die
Ecke, wenn man dieses Wort großzügig auslegte, und diese
Großzügigkeit hatte Steffen Heller von seinen Eltern
übernommen.

Das war sein Stichwort, Ecke.

Er bog in die Poggenburgstraße ein und hätte beinahe einen
jungen Kerl über den Haufen gelaufen, der staunend auf das
Straßenschild – Poggenburgstraße – schielte.

Heller wollte sich entschuldigen und hörte aber dann im
Weitergehen, wie der junge Mann begeistert flüsterte, dass die
Husumer wirklich mutig seien, eine Straße nach einem der
erfolgreichsten AfD-Politiker zu benennen.

Bei solchen Sätzen stürzten sich Hellers Synapsen vor lauter
Fremdschämerei freiwillig von seinen beiden Gehirnhälften in
den Tod, ihm selbst wurde dabei einfach nur schlecht – und das
lag nicht am Alkohol.

Zu oft hatte er sich in Hamburg in seinem Dezernat mit diesen
hirnlosen Sackgesichtern herumärgern müssen, die über
Friedhöfe zogen, um sie zu verschandeln, Hakenkreuze an
Häuserwände schmierten oder johlend und nationalistisch
singend und brüllend durch Stadt und Straßen zogen. Zu oft
hatte er erlebt, wie hilflos der Staat auf solche Aufmärsche
reagiert hatte, wie machtlos er selbst als „Staatsschützer"
gegenüber solchen offenkundigen Verfassungsfeinden hatte
zurückweichen müssen.

Nicht nur das hatte ihn zurück nach Husum gebracht.

Er ließ den Trottel stehen und ging weiter Richtung
Polizeigebäude.

Zwei seiner neuen Kollegen standen draußen vor der Tür und rauchten, er begrüßte sie und ging an ihnen vorbei ins Innere der Polizeiwache.

Frisch gefilterte Luft und eine angenehme Raumtemperatur hießen ihn willkommen.

Er ging bis nach hinten durch und konnte schon erkennen, dass Sabine bereits an ihrem Schreibtisch saß und scheinbar mit irgendjemandem sprach.

Er öffnete leise die Tür und betrat das Büro.

Sabine warf ihm ein kurzes Lächeln zu, das doch etwas schmerzverzerrt wirkte, und Heller klemmte sich hinter seinen Schreibtisch, startete seinen Dienstrechner und warf einen ersten Blick auf die Notizzettel, die offensichtlich für ihn hinterlegt worden waren.

Sabine legte den Telefonhörer leise auf die Station zurück, Heller hob den Kopf und konnte im Licht der LED-Schreibtischlampe Sabines Gesicht sehen.

Sie sah so aus, wie er sich fühlte.

„Moin, Steffen", begann sie mit leiser und hörbar angeschlagener Stimme, „was war das denn für ein Tropfen zur Wohnungseinweihung?"

Sie lächelte und nahm einen Schluck aus der dampfenden Kaffeetasse.

„Willst du auch einen? Ich hab uns eine Maschine besorgt, dann brauchen wir nicht immer quer durchs Büro zu latschen."

Diese Nachricht nahm Heller so überschwänglich in sich auf wie eine bestandene Prüfung, und erst jetzt, als Sabine ihn darauf hingewiesen hatte, zog ihm der Geruch von frischem Kaffee in die Nase.

Er versuchte den Standort zu erschnuppern und weitete seine Nasenlöcher.

Es musste irgendwo aus der hinteren Ecke des Raumes kommen.

„Sie steht hier, Steffen", sagte Sabine, der Hellers suchende Nasenflügel ganz eklatant aufgefallen sein mussten.

Sie drehte sich auf ihrem Stuhl, griff hinter sich, goss ihm eine Tasse ein und kippte einen kleinen Schluck Milch hinterher und stellte sie auf den vorderen Rand ihres Schreibtisches.

„Holen musst du dir den aber schon selber", fügte sie noch hinzu.

Als Heller vor ihrem Schreibtisch stand und die Tasse an dem klobigen Henkel ergriff, fragte er:

„Gibt's schon irgendwas Neues in Sachen Fipe?"

Sabine stützte die Ellenbogen auf den Schreibtisch und ließ ihre Stirn in ihre geöffneten Handflächen fallen.

„Ja, gibt es. Es war eiskalter Mord. Der Pathologe hat Sand in der Lunge gefunden und das heißt, dass Peter bei vollem Bewusstsein lebendig begraben worden ist. Außerdem hatte er einen gebrochenen Arm sowie mehrere Frakturen und andere Kampfspuren am ganzen Körper. Er ist also, nachdem er verprügelt worden ist, ins Watt gezerrt und dort vergraben worden. Ich hoffe nur, dass er nicht mehr bei Bewusstsein war, als er vergraben worden ist."

Heller blies seine Wangen auf und entließ ein leises Pfeifen durch seine Lippen.

„Was hat der denn angestellt? Mit wem muss man sich denn als Fischer anlegen, um so zu enden?", fragte er Sabine und natürlich auch sich selbst.

Nichts mit Romantik bei der Seefahrt und der Fischerei, sondern scheinbar ein eiskaltes und knallhartes Geschäft.

„Oh Mann, ey", fuhr Heller fort, „Peter, einer der gewaltlosesten Menschen, die ich kenne, gekannt habe", verbesserte er sich, „Wehrdienstverweigerer und immer darauf bedacht gewesen, Probleme durch Reden und Kompromisse zu lösen. Da komme ich nicht mal auf eine Idee eines Anfangs."

Er dreht sich um und setzte sich wieder an seinen Schreibtisch. „Die Seekarten könnten helfen", begann Sabine von Neuem. „Zwei der ausgeschnittenen Teile aus den Seekarten, die ich aus seinem Kinderzimmer mitgenommen habe. Aber ich kenne mich damit nicht aus. Da muss jemand anderes einen Blick drauf werfen."

„Tonnen-Dieter", sinnierte Heller leise vor sich hin.

„Wer bitte?", fragte Sabine und schaute an ihrem Bildschirm vorbei in Richtung Heller.

„Tonnen-Dieter, Dieter Tönnissen, Vermessungsingenieur und zuständig für die Betonnung hier im Wattenmeer. Der kann da bestimmt was mit anfangen", führte Heller seine Gedanken fort. „Wenn einer, dann er. Ich ruf ihn mal an."

Sabine sah von ihrem Schreibtisch auf und ärgerte sich ein wenig, dass nicht sie auf diese Idee gekommen war und dass sie den gemeinsamen, alten Schulfreund Dieter nicht sofort im Auge gehabt hatte. Niemand kannte sich so gut an der Küste aus wie Dieter, aber nur bei Flut. Bei Ebbe war es dann doch eher Niels-Henning. „Mist", sagte sie leise, doch Teamarbeit war jetzt wichtiger als persönliche Befindlichkeiten.

Heller suchte die Nummer des Büros heraus, wählte sie und nach einem kurzen Gespräch verabredeten Heller und Tönnissen sich für den Nachmittag.

Heller war zufrieden und ließ sich gelöst und siegessicher in seine Rückenlehne fallen.

Er griff nach den unsortierten Notizzetteln, die verteilt auf seinem Tisch lagen.

Auf einem stand in großen Blockschriftbuchstaben: Bitte

Mutter anrufen.

Klasse, jetzt kam es also doch so, wie er befürchtet hatte.

Familiäre Verquickungen im Berufsleben.

Damit konnte er gar nicht umgehen.

Warum hatte sie nicht auf seinem Handy angerufen?

Er griff in seine Hosentasche und zog es hervor.

Flugzeugmodus und acht Anrufe in Abwesenheit.

O. K., sie hatte es probiert, also keine Aufregung und den Adrenalinausstoß umgehend stoppen.

Er schob sich mitsamt Schreibtischstuhl ein Stück zurück und stand auf.

Sabine sah kurz auf, um sich dann wieder in Zettel, Karten und andere Aufzeichnungen zu vertiefen.

„Bin gleich zurück", informierte Heller seine Chefin, die seine Information mit einem gehobenen Daumen, aber schweigend beantwortete.

Heller stellte sich draußen vor die Wache. Die Sonne schien, es war warm und der absolut falsche Tag, um zu arbeiten, aber allerhöchste Zeit, seine Mutter anzurufen.

Er nahm sein Handy und drückte die Wahlwiederholung.

Es tutete und nach dem fünften Tut nahm seine Mutter am anderen Ende ab.

„Moin, Muddern, hier ist dein Sohn. Du hattest angerufen. Was gibt's denn?", fragte er sie in ruhigem Ton.

Der Strohwitwer Nils-Henning Örsted saß vor einem aufgeschlagenen Buch an seinem alten hölzernen Schreibtisch. Kein Erbstück, sondern das Geschenk eines Eskimo, den er während diverser Aufenthalte am Nordpol kennen und schätzen gelernt hatte.

Während Nils-Henning auf der Suche nach Daten und schlüssigen Beweisen für den Klimawandel war, lachte ihn Akik immer wieder dafür aus und meinte, dass es doch keine Daten zum Beweis bräuchte, um die Zerstörung der Welt nachzuvollziehen, sondern nur die Bilder der schmelzenden Gletscher und Eisberge. Die Fotos von grünen Wiesen, auf denen vor Jahren noch Eis gelegen hatte.

Er fragte immer wieder, ob die Menschen in den Industrienationen besser rechnen als schauen könnten.

Diese Frage stellte sich Nils-Henning inzwischen auch, aber wenn er sah, weswegen Menschen zum Teil demonstrierten oder welchen eindeutigen Zahlen sie nicht glaubten, zog er es doch sehr in Zweifel, dass die intellektuelle Fähigkeit, den Klimawandel vor- und nachzurechnen, diesem Volk gänzlich abging.

Den Tisch, an dem er saß, hatte Akik aus Treibgut gezimmert, das das Eis in den letzten Jahren freigegeben hatte.

Der Eskimo war so eine Art autodidaktischer Möbeltischler in seinem Dorf und diesen Schreibtisch hatte er Nils-Henning am letzten Tag seines letzten Aufenthaltes mit den Worten geschenkt, dass ein Taschenrechner immer einen Platz bräuchte, wo man ihn ablegen konnte.

Als Nils-Henning damals in Kiel vom Forschungsschiff abmusterte, seine Frau erwartungsvoll am Kai stand und er dann mit dem Schreibtisch, den er mit beiden Händen vor seine Brust hielt, die schmale Gangway herunterkam, da konnte Nils-Henning in der Freude über seine Rückkehr, die eindeutig in

den Augen seiner Herzdame zu sehen war, eben auch die Fragezeichen erkennen, was er da nach so langer Zeit der Abwesenheit aus über 3.500 Kilometern Entfernung mitbrachte.
Einen mehr als dürftig zusammengeklüderten „Wasauchimmer".
Sie hatte zwar keine Rosen, aber zumindest irgendeine Blume erwartet.
Von ihrem Mann.
Nach der langen Zeit.
Doch die Geschichte zu diesem neuen Möbelstück versöhnte sie augenblicklich mit dem Gedanken, dass dieses klobige Etwas in Zukunft ihre gemeinsame Wohnung zieren würde.
Und so zog der Tisch bei dem jungen Paar in Kiel ein und später mit der gesamten Familie nach Husum, um dort Ruhe- und Besinnungspol in Nils-Hennings Arbeitszimmer zu werden.
Er blätterte durch den dicken Schinken, der gefüllt war mit Gedichten von Storm, Fontane, Gorch Fock und anderen älteren und verstorbenen Autoren, aber eben auch kurze Reime von Knut Kiesewetter, Hans Christian Andersen, Tania Blixen und Selma Lagerlöf enthielt.
Eine bunte Mischung gut gereimter guter Laune.
Er lehnte sich gerade in seinem Stuhl zurück, der seine Bewegung mit dem dazugehörigen Knarren beantwortete, als das Telefon klingelte.
Er drehte sich auf seinem modernen Schreibtischdrehstuhl in Richtung Telefon, stand auf und ging an vollgestopften Bücherborden und Aktensammlungen vorbei in den Flur.
Er sah die Nummer auf dem Display und es war seine Rettung, sein Anker.
Seine Frau eben.

Ihre Stimme zu hören, tat diesem hartgesottenen Mann so gut wie eine kalte Dusche nach einem langen, harten Arbeitstag in der Sonne.

Er nahm den Hörer ab, hörte das „Hallo" seiner Frau und ließ sich fallen.

Am Hafen war schon wieder wildes Treiben. Die Touristen- und Andenkengeschäfte waren gefüllt und in den Außenbereichen der Cafés und Kneipen herrschte reger Betrieb. Die Sonne schien und die Flut hatte die Schiffe im Hafen auf ein mehr oder minder normales Niveau gehoben.

Die Möwen sonnten sich auf den Hafenpollern, eine leichte Brise wehte vom Meer her die salzige Luft in die entspannten Nasen aller Besucher an diesem Ort.

Leger und gelassen waren die Gesichter und die Stimmung bei den meisten und wer es nicht war, wurde spätestens hier durch die gelöste Umgebung dazu ermuntert, seinen Stress endlich mal zu vergessen und sich frei zu fühlen.

In genau dieser gelösten Stimmung enterten Jan Jensen und Johann Petersen ihren Kutter, um sich um ein paar kleinere Reparaturen zu kümmern.

Doch bevor sie mit ihrer Arbeit starteten, wollten sie erst einmal gemeinsam den Arbeitsplan durchgehen.

Also, Stühle raus, auf dem Heck platziert und ein bisschen die Sonne und die Ruhe genießen.

Dazu stellten sie die Stühle so auf, dass sie mit dem Rücken zur überfüllten Kaimauer saßen.

Jan zog die Thermoskanne mit Kaffee aus seinem Rucksack

und Johann holte die Tassen.

„Ein eingespieltes Team", grinste Jan und die beiden Männer
stießen mit ihren Kaffeepötten auf einen weiteren Tag in ihrer
kleinen Stadt an.
„Sag mal", begann Johann seinen Freund zu fragen, „benutzt du
eigentlich das Internet?"
Jan, der mit geschlossenen Augen in seinem Stuhl saß und die
Wärme der Sonne genoss, antwortete, ohne die Augen zu
öffnen: „Hab ich versucht. Ist mir aber zu hektisch. Wenn wir
so oft Tidenhub hätten, wie sich da die Meinungen und die
Denkrichtungen ändern, dann käme uns Ebbe und Flut wie
starker Wellengang vor. Das ist nichts für mich."
Johann nickte wortlos und konnte seinen Freund nur zu gut
verstehen.
Hatte er doch gerade selbst sein Profil auf Facebook gelöscht,
weil es neben diesen ganzen unabsehbaren Trends eben auch
viel zu viel zeitlichen Aufwand bedeutete und man mit seiner
Zeit doch wirklich etwas Besseres anfangen konnte.
Er saß zum Beispiel viel lieber mit seiner Frau im gemeinsamen
Garten und schmiedete Pläne mit ihr, was sie noch so alles
machen könnten.
Sicherlich waren sie älter.
Na und?
Das Leben dauert doch nun mal so lange, wie es eben dauert
und vorher zu bremsen, dafür waren weder er noch seine Frau
geschaffen.
Ehmi, seine Angetraute, hatte sich gerade für einen Dänisch-
Sprachkurs an der hiesigen Volkshochschule angemeldet, für
den nächsten Urlaub in dem kleinen, landschaftlich auch sehr
schönen Nachbarland.

Die beiden hatten dort zur „kulturellen und sinnesbetörenden Abwechslung", wie sie es immer nannten, ein kleines Sommerhaus gemietet und seine Frau wollte jedenfalls ein bisschen von dem verstehen, was dort um sie herum passieren würde.

Deswegen der Kurs – und das mit 75.

Er war mächtig stolz, dass er seit fast 50 Jahren mit ihr verheiratet war.

Die beiden Nordmänner genossen den Duft des Wassers, die leichten Bewegungen ihres Schiffes und vergaßen darüber, dass sie gut vertäut, also fest angeleint, im Husumer Hafen lagen.

Beide Männer sahen vor ihrem inneren Auge Bilder von Moby Dick, Robinson Crusoe und natürlich von der Meuterei auf der Bounty.

So ein kleines Schiff und die dazugehörigen Bewegungen können einen eben schon in eine andere Welt versetzen, warum denn auch nicht.

Jan und Johann zählten wohl zu den Einwohnern dieser kleinen Stadt, die nie eine große Rolle in ihr gespielt hatten, sich aber immer bewusst waren, in was für einem Schatz sie hier lebten.

Keiner der beiden hatte es jemals darauf angelegt, in die große Welt hinauszufahren oder mit irgendetwas weltberühmt zu werden.

Warum denn auch, denn das hätte ja in der logischen Folge bedeutet, dass sie dieses lebende Freilichtmuseum für gesundes und ausgewogenes Leben hätten verlassen müssen, um eventuell überall auf der Welt Vorträge zu halten, Preisverleihungen zu besuchen und getrennt von dem schönsten Fleckchen Erde zu sein, dass es hier an der Nordseeküste gab, und es existierte nicht ein Grund für sie, Husum den Rücken zu kehren.

Im Gegenteil, im Laufe ihres Lebens und erst recht jetzt, an

jedem Tag ihres Rentnerdaseins, wurde ihnen noch deutlicher, wie schön es hier war und sie und ihr Kutter fügten sich doch wunderbar in das Landschafts- und Stadtbild ein!
Da konnte ja nun wirklich keiner etwas dagegen haben – und sie selbst ohnehin nicht.
Auch ohne tragende Rolle

Für Pläne oder Träumereien ist man doch wirklich nie zu alt, man muss sich nur die Zeit dafür nehmen und die gibt einem das Internet nicht und auch nicht wieder zurück.
Da waren sich die beiden Männer einig.
Was sie aber aus ihrer geträumten Seefahrerromantik herausriss, war ein stetiges, leises Hecheln.
Er war wieder da, der streunende, liebenswerte Köter, bei dem man weder Rasse noch Zugehörigkeit erkennen konnte.
Aber warum auch.
Man muss auch nicht von jedem Menschen wissen, woher er kommt oder was er vorher getan hat.
Jedes Lebewesen, das einem über den Weg läuft, hat doch grundsätzlich erst einmal die Chance verdient, das eigene Leben zu bereichern.
O. K., hier handelte es sich um einen Hund, also waren längere und sinnbringende Gespräche eher ausgeschlossen. Aber alleine, dass dieser Vierbeiner kontinuierlich den Hafen entlangspazierte, immer wieder an bestimmten Stellen haltmachte und kontrollierend wie ein Hafenmeister über den gesamten Hafen die beiden Kaimauern und das angrenzende Gelände überblickte, war einer dieser kleinen Höhepunkte, die man hier in Ruhe am Wasser erleben konnte.
Beide Männer hoben ihre Tassen hoch über ihre Köpfe und ohne sich umzusehen, grüßten sie den japsenden Hund mit einem fröhlich klingenden „Moin, Herr Hansen".

Der quittierte seinerseits diesen Gruß mit einem leisen „Wuff" und einem kurzen Gejaule.

Jan griff neben seinen Stuhl in eine kleine Dose, in der sich Hundefutter – für alle Fälle – befand, und Herr Hansen war eben einer dieser Fälle.

Mit sicherer Hand und einem geübten Wurf landete das Trockenfutter aus der Blechbüchse direkt zwischen den beiden Vorderpfoten des wartenden Tieres.

Der schnappte sich das kleine Ding, schlang es herunter, machte ein gurgelndes Geräusch und ein kurzes Bellen als Zeichen seiner Dankbarkeit, und Johann konnte aus dem Augenwinkel sehen, wie er schwanzwedelnd den Kai entlang Richtung Deich lief.

„Schönes Tier", sagte Johann und nahm den nächsten Schluck von seinem Heißgetränk.

„Jo, das ist es wohl", war die gelassene Antwort seines Sitznachbarn, „ein richtig schönes Tier. Hat der jetzt eine Verabredung oder was meinst du?"

„Hättest ihn ja fragen können, du Leichtmatrose, aber seine Antwort wäre genau so viel wert wie meine. Ihn verstehst du nicht und ich weiß es nicht. Macht wenig Sinn, sich da jetzt Gedanken drüber zu machen. Ist noch Kaffee da?"

Die beiden Männer schauten in Richtung Kaffeemaschine und Jan schlussfolgerte beim Anblick der leeren Kanne, die dort noch auf der Wärmeplatte stand: „Dann bin ich mal dran."

Er stand auf und bereitete die nächste Ladung Kaffee zu.

Die Sonne stand jetzt um die Mittagszeit im Zenit.
Sie stach aus dem blauen wolkenfreien Himmel hervor wie ein
Lackschaden bei einem Auto, nur war sie eben nicht so teuer.
Die Menschen am Hafen saßen unter Sonnenschirmen und
genossen die Zeit.

„Die Zeit zu genießen verliert man viel zu häufig aus dem
Blick", dachte er bei sich, „und wir haben nun mal nicht alle
endlos viel davon."

Johann blickte mit geschlossenen Augen in die Sonne und
dachte:

„Jeden Tag hier zu erleben, wie entspannt und genussvoll ein
schönes Leben sein konnte. Das ist schon ein Privileg und
Theodor Storm würde sich wundern, was aus seiner grauen
Stadt am Meer im Laufe der Jahrhunderte geworden ist.
Eine farbige Perle inmitten eines Weltnaturerbes. Manchmal
dauert es eben ein bisschen, bis einem klar wird, was man hat."

Für Heller lief der Tag nicht ganz so entspannt weiter.
Er wühlte sich durch Akten, beschäftigte sich mit Fangquoten
und Seefahrtsrecht, kontrollierte seine Aufzeichnungen und
ging die mittlerweile im Büro angekommenen Beweismittel, die
Tagebücher und Seekarten von Fipe durch.

Ein Berg von Schnipseln, die in einer für ihn kaum lesbaren
Handschrift geschrieben waren, so kam es ihm wie eine
Erlösung vor, als er auf die Uhr schaute und die Zeit für das
Treffen mitTonnen-Dieter gekommen war.

Sabine war ausgeflogen, um weitere Nachforschungen im
Umfeld des Getöteten anzustellen.

Er hinterließ eine Nachricht auf ihrem Tisch und musste
feststellen, dass seine eigene Handschrift sich nicht sonderlich
von der des toten Fischers unterschied.

Er verließ das Büro und die Wache und machte sich zu Fuß durch die sonnenbeschienenen Straßen auf den Weg hinunter zum Hafen.

Der kleine Fascho stand immer noch mit vor Staunen geöffnetem Mund vor dem Straßenschild.

Heller wechselte zur eigenen Sicherheit – und zu der des glutäugigen Herrenmenschen – die Straßenseite.

Zusammenstöße mit Menschen dieser Art hatten für Heller in der Vergangenheit, beruflich wie auch privat, in den meisten Fällen gesundheitliche Folgen gehabt, und daraufhin waren immer wieder ein bis fünf Seiten in die Personalakte gekommen.

Deswegen: Abstand, Missachtung und Vorsicht.

Er ging über den Zingel an seiner Wohnung vorbei Richtung Hafen.

An der Schiffbrücke hatte Dieter sein Vermessungsbüro und hatte sich jetzt Zeit für Steffen genommen, um mit ihm ein paar Dinge durchzugehen, die Heller in einer kleinen Tasche bei sich trug.

Er schlenderte sonnenbebrillt und Zigarette rauchend am Hafen entlang und kam an dem kleinen Kutter der beiden für immer im Hafen angeleinten Freizeitkapitäne vorbei.

Er grüßte sie im Vorbeigehen, ohne eine Antwort abzuwarten, dafür war jetzt keine Zeit.

Er wusste um den eng gesteckten Zeitplan Dieters und wollte keinen Augenblick zu spät ankommen.

Heller schlängelte sich zwischen ein paar Tischen hindurch, die mit Besuchern und Gästen einer Kneipe gefüllt waren, und stand vor einem weiß gestrichenen Haus.

Ein kleines Schild wies daraufhin, dass hier Dieters Büro war.

Er drückte den kleinen, blank polierten Messingknopf und aus dem Innern erscholl ein tiefes Dröhnen wie das eines Ozeanriesen, der von den Landungsbrücken in Hamburg zu einer Fahrt über den Ozean ablegt, nur eben viel leiser.

Durch die milchigen Scheiben konnte er erkennen, dass jemand auf die Tür zusteuerte.

Geräuschlos schwang sie nach innen auf und da stand er: Tonnen-Dieter.

Braungebrannt und wie immer lächelnd.

Die Zeit hatte im offensichtlich seine Haare genommen.

„Moin, Steffen!" Dieter streckte ihm seine riesige Hand entgegen, Heller griff zu und seine eigene Hand verschwand in dieser Riesenpranke wie die eines Kindes in der eines Erwachsenen.

„Komm rein, ich hab nicht viel Zeit. Magst du einen Kaffee oder irgendwas anderes?"

„Kaffee ist gut", antwortete Heller und folgte dem Riesen durch das lichtdurchflutete Häuschen.

„Hier hinten ist mein Büro. Du kannst ja schon mal die Sachen auspacken, ich hol schnell den Kaffee und bin gleich bei dir", sprach der Ingenieur, ging links eine kleine Treppe hinauf und verschwand in einer minimalistischen Küche. Heller sah im fast bewundernd hinterher.

Dieter kannte er aus Hamburg. Ein geborener Hanseat, dem nach Schule und Studium die Größe der Stadt und die Überheblichkeit der Hanseaten so „auf den Sack gegangen waren" – das waren Dieters Originalworte –, dass er seine Sachen gepackt und sich hier in Husum niedergelassen hatte.

Sein Vermessungsbüro war zuständig für die Kontrolle der Betonnung, die Pflege und eben auch für etwaige Reparaturen, außerdem betrieb er nebenher eine Motorbootschule und kannte sich hier im anliegenden Wattenmeer besser mit Untiefen aus als jeder andere, den Heller kannte.

Er ging geradeaus bis in das Büro.

Eine Fensterfront, die den Blick auf einen kleinen Innenhof freigab.

Zwei Sessel, ein Sofa und ein alter Holztisch standen in der Mitte des Hofes unter einem großen, grünen Schirm mit der Lieblingsbiermarke des Hanseaten.

Das Büro selbst war mit einem großen, modernen Schreibtisch und einem bequem ausschauenden Stuhl ausgestattet.

Bücherborde säumten die Wände, dann stand da unübersehbar ein Stehtisch mit einer hölzernen Tischplatte, die einen Durchmesser von etwa zwei Metern hatte.

Mindestens.

Heller ging davon aus, dass Dieter am Stehtisch die Sichtung seiner Aufzeichnungen vornehmen wollte und so kippte er den Inhalt seiner Tasche auf den großen Ablageort.

Er zog die Schnipsel und die Karten auseinander und versuchte ihnen eine sinnvolle Ordnung zu verleihen, aber er hatte einfach nicht die geringste Ahnung, wie und wo er anfangen sollte.

Dieter betrat das Büro mit zwei großen Kaffeepötten mit dem berühmten hellblauen Muster nach norddeutscher Art.

„Den Kaffee immer noch mit Milch, Steffen?" lachte Dieter.

Heller nickte und war froh, Dieter als Freund zu haben.

Wobei er das Wort Freund, als er es dachte, in Anführungszeichen setzte.

Auch bei ihm hatte er sich zu lange nicht gemeldet.

Dieter stellte die beiden überdimensionalen Kaffeebecher auf den Tisch und beugte sich sofort nach vorne, um die Schnipsel, die da auf dem Tisch lagen, in Augenschein zu nehmen.

„Na ja", begann er nachdenklich, „auf den ersten Blick macht das wenig Sinn, was ich sehe. Da sind ein paar Positionsangaben und soweit ich das beurteilen kann, sind das alles Punkte in der Nähe der Hallig Südfall. Worum geht's denn da, wenn ich dich das mal fragen darf?"

Heller atmete tief durch, denn noch war nicht offiziell bekannt gegeben worden, dass eine Leiche im Watt gefunden worden war. Er fragte sich, ob er überhaupt die Befugnis dazu hätte, diese Nachrichtensperre zu brechen und was aus dem Verhältnis zu Sabine werden würde, wenn er jetzt Interna preisgeben würde.

Die andere Hälfte in ihm hatte schon geantwortet und der große, unerschütterlich wirkende Mann neben ihm schien diese Nachricht nicht gut aufzunehmen.

Er begann stark zu zittern und stellte, scheinbar zur Vorsicht, die Kaffeetasse wieder auf der großen Tischplatte ab.

„Peter ist tot? Meine Herren. Das ist jetzt aber mal ein Schock in der Morgenstunde. Dann lass uns hier mal einen Schlag reinhauen, damit wir den Dreckskerl kriegen, der dafür verantwortlich ist."

Dieter legte die Spitzen seiner Finger, die sich an die klodeckelgroßen Handflächen anschlossen, grazil und vorsichtig auf die verstreuten Ausschnitte auf dem Tisch und begann sie hin- und herzuschieben, zu drehen und untereinander zu tauschen und flüsterte immer wieder dabei:

„Irgendwo hier steckt der Anfang, irgendwo hier."

Heller stand daneben, schaute dem Mann zu und kam sich so vor wie in einer okkulten Sitzung, in der diese Bretter mit den Löchern hin und hergeschoben werden und hinterher kommt dann ein Wort dabei heraus – Zoop oder so was. Wie diese ganzen Sachen hießen, wusste Heller nicht, warum auch. Das war nun mal ganz weit entfernt von der Realität, in der er als Kriminalbeamter lebte. Das machte alles keinen Sinn, bei denen nicht, aber bei Dieter schien sich innerhalb kürzester Zeit ein

Gedanke am geistigen Horizont zu zeigen, denn er begann zu
lächeln und richtete sich auf.

Dann ging er quer durch den Raum zu einem der Bücherregale,
zog einen großen und dicken Schinken heraus, kehrte zurück an
den Tisch und lachte Heller an.

„Gar nicht so schwer, man muss nur genau hinsehen. Hier schau
mal", er tippte mit seinem Finger auf eine graublaue Karte, auf
der Heller nicht einmal entdecken konnte, wo genau Husum lag.
Dann fuhr Dieters Finger an einen Punkt und blieb dort liegen.

„Das hier, Steffen, ist der Außenhafen von Husum und wenn
man die Zahlen nimmt, aneinanderreiht und verfolgt, dann
kommt man hierhin. Drei Seemeilen vor die Küste von Hallig
Südfall. Da musst du hin."

Heller wurde schon bei dem Gedanken schlecht, auf ein Boot zu
müssen. Er war das, was man in der Seemannssprache als „nicht
seefest" bezeichnete.

Ihm wurde einfach zum Kotzen schlecht und die Aussicht, auf
einem kleinen, wackeligen Schiffchen auf dem Wasser zu sein,
verursachte ihm schon jetzt weiche Knie.

„Ich mach dir einen Vorschlag, Steffen", fuhr Dieter fort, „ich
mach heute früher Feierabend, so gegen 20 Uhr, wir treffen uns
dann hier. Und dann fahren wir mit meinem Schulungsboot raus
nach Südfall und schauen mal, ob wir da was entdecken.
Vielleicht fällt uns irgendetwas auf. Die See ist ruhig, von daher
sollte selbst dein Magen damit klarkommen. Was meinst du?"

Heller sah sich jetzt schon in einer – freundlich ausgedrückt –
nicht gesunden körperlichen Verfassung, aber es ging um die
Lösung des Falles und da musste er sich nun mal
zusammenreißen und natürlich willigte er ein.

Die Verabredung stand und die beiden Männer würden am
Abend gemeinsam in See stechen.

Heller brauchte frische Luft.

Er raffte die Hinweisschnipsel zusammen und verstaute sie in seiner Tasche, dann nahm er einen letzten Schluck von dem Kaffee und Dieter brachte ihn zur Ausgangstür.

„20 Uhr, hier, heute Abend!", wiederholte er noch einmal zum Abschied.

Dieter nickte und legte ihm freundschaftlich seine Hand auf die Schulter.

„Schön, dass du mal hier warst, Steffen. Du kannst ruhig öfter mal reinschauen, aber nicht immer mit einer Leiche im Gepäck."

Dieter grinste und schlug Steffen noch zweimal sanft auf die Schulter, dann schloss er die Tür.

Heller machte sich in Richtung Innenstadt auf.

Er hatte einen Termin.

Mit seiner Mutter.

Sie wollte ihm zeigen, wo sie hinziehen und ihre „letzten Jahre", wie sie es nannte, verbringen würde.

Er überquerte den Marktplatz, sah den Tine-Brunnen, ging vorbei an der

St. Marien Kirche, bog in die Norder Straße ein und lief dann das Osterende hinunter in Richtung des Eingangstores vom Kloster zum Ritter St. Jürgen.

Draußen vor der Stadt, am Ufer des Wattenmeeres, dort, wo Nils-Henning den toten Fuß entblößt hatte und jetzt der Blanke Hans wieder für ein paar Stunden den Sand umspülte, saß Sabine neben Nils-Henning am Strand und beide blickten wortlos in Richtung Horizont und auf das nasse Grab von Fisch-Peter.

Schleierwolken zogen über den sonst hellblauen Himmel, die Sonne schien und beide wussten nicht, wie sie dieses offizielle Gespräch beginnen sollten.

Das hieß, Sabine war sich nicht sicher.

Wusste sie doch um die fragile Beschaffenheit des emotionalen Innenlebens von Nils-Henning, aber irgendetwas musste sie ihn jetzt fragen.

Nach der Uhrzeit zu fragen, wäre wohl nicht zielführend, also atmete sie hörbar ein und aus und Nils-Henning reagierte.

„Ist was?", fragte er.

Sie blickte weiter auf das Wasser, in dem sich das Sonnenlicht in Millionen Farben brach und antwortete mit einer Frage:

„Wer macht so was bloß? Jemanden bei Ebbe lebendig vergraben? Wer macht so was und warum?"

Nils-Henning musste hörbar schlucken und rieb sich seine Augen mit den Handflächen.

Eine Möwe kam und setzte sich direkt vor ihn.

Schaute ihn an.

Fixierte ihn.

„Was willst du denn von mir, du blöde Wasserkrähe",
schnauzte er den Vogel an, der sich davon aber nicht sonderlich beeindrucken ließ.

Im Gegenteil, das fliegende graue Knäuel machte provokativ noch einen Schritt auf ihn zu, sah ihm dabei direkt ins Gesicht und öffnete den Schnabel, als erwarte es augenblicklich Futter.

Nils-Henning schüttelte langsam den Kopf und zischte leise vor sich hin:

„Du kriegst hier nichts. Keinen kleinen Happen."

Der Vogel legte den Kopf schief und klapperte geräuschlos aus seiner unterlegenen Position mit dem gelben Schnabel.

Dann dreht sich die Möwe um, machte einen winzigen Schritt nach vorne und kackte auf den Stein.

Sie drehte ihren Kopf in Richtung Nils-Henning und mit ein paar Flügelschlägen hob sie ab und machte sich über das von Sonnenlicht bestrahlte Wasser auf in Richtung St. Peter-Ording.

Nils-Henning saß da und schaute auf den Fleck, den die Möwe hinterlassen hatte.

„Oh Mann, Sabine, das hier ist das Bild meines Lebens. Alle lassen mich mit ihrem Scheiß sitzen", stöhnte er.

Sabine tat dieser sanfte Riese fast ein wenig leid, wäre er kein Zeuge gewesen und hätte sie ihn länger gekannt, dann hätte sie ihm bestimmt auch durch die Haare gestreichelt, aber hier hieß es: Professionalität wahren; und gerade, als sie ihre erste Frage stellen wollte, ertönte eine krächzende Stimme hinter ihnen.

Ein junger Mann stand oben auf dem Weg und winkte zu ihnen an den Strand herunter.

Sabine entdeckte ihn zuerst, dann drehte auch Nils-Henning seinen Kopf und kommentierte den Anblick des offenbar leicht orientierungslosen Fremden mit:

„Was ist das denn jetzt wieder für ein Kasper?"

Der Kasper, der da euphorisch seine oberen Extremitäten durch die Luft wirbelte, benötigte offensichtlich Hilfe und so stand Nils-Henning auf und machte sich die paar Meter in Richtung winkendem Wirbelwind auf.

Dann stand er vor ihm und schaute fragend, sich zu seiner vollen Körpergröße aufrichtend, auf den kleinen grinsenden Mann herab.

„Was kann ich für Sie tun?", fragte er mit sanfter Stimme.
Der kleine, glatzköpfige Mann hechelte wie ein Hund bei
vierzig Grad in der Sonne und begann:
„Sind Sie Husumer?", war die Frage aus seinem kleinen Mund
inmitten eines bleichen Gesichts.
Nils-Henning nickte.
„Das ist eine so fantastische Stadt, Husum. Hätte ich nie
gedacht. Hier an der Ostsee findet man eben doch noch echte
Menschen, die den Mut haben, zu dem zu stehen, was wirklich
entscheidend und wichtig ist. Das eigene Land. Die Heimat."
Nils-Henning wollte dem kleinen Mann nicht in die Parade
fahren und ihm erklären, dass er gerade an der Nordsee stand
und dass er schon lange wusste, wie schön Husum und das
Land drumherum waren. Er unterbrach ihn nicht und ließ ihn
gewähren.
Der Kurze fuhr fort:
„Eine Stadt wie Husum hat den Mut, in der Mitte der
Bevölkerung im Zentrum ihres Lebens sozusagen, eine Straße
nach einem wichtigen und unterschätzten Politiker zu benennen.
Die Poggenburgstraße. André Poggenburg und seine Arbeit für
unser Vaterland sind noch nie deutlicher benannt und besser
gewürdigt worden."
Der Japser machte eine Pause und Nils spürte eine Mischung
aus Unwohlsein und Übelkeit, ganz tief in sich, die langsam
aufstieg.
Dann machte er noch einen Schritt auf die, wie er fand,
zwergenhirnige Figur zu und legte seine großen Hände sanft auf
die kleinen Schultern vor ihm und begann:
„Pass mal auf, mein Kleiner, erst mal stehst du hier nicht an der
Ostsee, sondern an der Nordsee, dem Weltnaturerbe
Wattenmeer, dass das mal klar ist.

Weiterhin bist du hier bei den Nordfriesen gelandet und wir haben noch nie viel auf nationalistische Schreihälse gegeben, die Keile zwischen Menschen treiben und sie ihrer Grundrechte berauben wollen. Das Wichtigste jedoch ist: Die Poggenburgstraße ist nicht nach dieser gescheiterten Hitlerkopie benannt worden, sondern nach einem Fischer. Hermann Poggen. Der hat hier im achtzehnten Jahrhundert gefischt und die erste Fischfabrik errichtet. Das Gebäude war groß, klobig und von einem Wasserzufluss zum Meer umsäumt, was ihm den äußeren Anschein einer Burg verlieh. Deswegen Poggenburg. Sie stand in der Straße, von der du denkst, dass wir, ausgerechnet wir, sie nach deinem Möchtegernführer benannt hätten. Und jetzt, zum guten Schluss, nach gutem Brauch, die gute Nachricht: Du brauchst nie wiederzukommen, denn hier in Husum wollen wir weder etwas mit Faschisten oder der AfD zu tun haben, also hau deine Hacken in den Teer und mach dich ganz schnell vom Acker, bevor ich richtig sauer werde."

Der kleine Mann verlor nun auch die Restpigmentierung in seinem Gesicht, löste sich durch zwei Schritte nach hinten von Nils-Hennings Händen auf seinen Schultern, drehte sich um und rannte auf seinen kurzen Beinen den Deich hinauf.

Nils-Henning sah ihm hinterher und brüllte: „Wo kein Schnee liegt, darfst du laufen und wenn du zum Bahnhof willst, musst du in die andere Richtung, du Torfkopp."

Der Kleine hielt inne, drehte sich um und lief dann, mehr schlecht als recht auf der abfallenden Deichzunge in die Richtung Husumer Innenstadt. Nils-Henning stand da und beobachtete diese fast akrobatische Leistung.

Als der Zwerg um eine Ecke bog und verschwand, drehte er sich zu Sabine, ging wieder auf seinen Platz und setzte sich schweigend neben sie.

„Sag mal, Nils-Henning, stimmt das wirklich mit dem Fischer Poggen und der Fabrik?", erkundigte sie sich.

Nils-Henning schaute aufs Wasser und grinste.

„Ach, was weiß ich denn, Sabine, aber diese Scheißer glauben doch sowieso alles, warum darf ich denn nicht auch mal die Geschichte verdrehen? Hat doch keinem wehgetan, oder?" war seine Antwort.

Sabine atmete tief ein, um dann prustend loszulachen, und Nils-Henning, vielleicht angesteckt von ihrer Art, begann ebenfalls zu lachen.

Es dauerte eine Weile, bis sich beide wieder gefangen und beruhigt hatten.

„Leute können aber auch so was von bescheuert sein", keuchte Nils-Henning und wischte sich die Tränen aus den Augen.

„Hose bis zum Rand voll, aber einen auf Herrenmenschen machen, lieber Gott, sind die bescheuert."

Sabine nickte und wischte sich ebenfalls ihre Tränen mit einem Taschentuch aus ihren Augenwinkeln.

Nils-Henning saß mit angewinkelten Beinen im Sand und schaute auf das spiegelglatte Wasser, das nur an einigen Stellen durch schwachen Wind gekräuselt erschien.

Die Sonne stand jetzt schon südwestlich, es war Nachmittag, und hier draußen schien die Welt unberührt und in Ordnung.

Dann kam ihm wieder der gelbe Gummistiefel in den Kopf und ihm wurde klar, dass ein dekorativer Bezug, sei er nun aus Stoff oder eben aus Wasser, alles Böse verdeckte.

Überall war die Welt nur scheinbar in Ordnung, man musste nur tief genug graben oder auf die Ebbe warten, um böse und schlimme Dinge zu entdecken.

Was hatten diese Männer Fipe angetan und infolgedessen eben auch seinen Blick auf das wundervolle Wattenmeer verändert.

Diesen Hort der Ruhe, Besinnlichkeit und der Stille.

„Nils-Henning", begann Sabine leise fragend, „kennst du den Bruder von Fipe ein bisschen besser oder deren Verhältnis zueinander? Waren die wie Pech und Schwefel oder eher wie Plus- und Minuspol bei Magneten? Also waren die sich einig oder wollte jeder von denen was anderes?"

Nils-Henning Örsted setzte sich aufrecht in den Sand, streckte die Beine aus und schaute weiter starr aufs Wasser.

„Nee", sagte er kopfschüttelnd, „die zwei wollten schon von Kindesbeinen an nicht in die gleiche Richtung. Peter wollte das kleine Geschäft seiner Eltern übernehmen und sein Bruder wollte immer nur expandieren und das ganz große Geschäft machen. Dicke Autos, große Häuser, Privatjacht, Swimmingpool im Garten, Golfplatz und ein Dienstmädchen. Enno wollte immer ganz groß rauskommen. Fipe hatte diese Pläne immer damit kommentiert, dass es nicht genügend Fische in der Husumer Bucht gäbe, um die Träume seines Bruders zu erfüllen. Aber auch wenn beide das Leben so unterschiedlich betrachteten, so waren sie doch Brüder und sind diesen Weg auch gemeinsam gegangen. Jeder der beiden musste Kompromisse machen, aber sie wären sich nie gegenseitig in den Rücken gefallen. Niemals. Die Grundlage, auf der ihr Leben stand, gehörte ihnen gemeinsam, das war ihnen bewusst; ohne den anderen hätte es nicht funktioniert. Das war jedem der beiden ganz klar."

Sabine überlegte kurz und fragte dann: „Kein Konkurrenzkampf? Kein Neid zwischen den beiden?"

Nils-Henning schüttelte den Kopf.

„Nein, jedenfalls nicht, dass ich wüsste. Sie haben wie Kollegen zusammengearbeitet, mehr eben nicht. Sein Leben hat jeder für sich gestaltet."

Sabine misstraute diesem brüderlichen Frieden; gerade wenn die Ziele zweier Menschen so unterschiedlich waren, gab doch nicht der auf, der mehr wollte und ergab sich dem, der scheinbar keine hatte und keine Veränderungen mochte.

Da schien doch ein Kampf, eine Auseinandersetzung unausweichlich.

Sie würde das noch einmal genauer unter die Lupe nehmen müssen.

So einem Frieden konnte sie nicht ohne Vorbehalte trauen und in diesem Fall würde es sie schon jetzt glücklich machen, wenn sie enttäuscht werden würde.

Sie pikste Nils mit ihrem Finger in die Schulter und fragte, ob sie ihn mit in die Stadt nehmen solle.

Der aber war noch nicht so weit und wollte noch ein wenig Zeit am Strand verbringen.

Sie steckte ihm ihre Karte zu, bat darum, dass er sich melden möge, wenn ihm noch etwas einfiele oder er einfach nur reden wolle, dann verabschiedete sie sich von ihm.

Nils-Henning starrte wieder übers Meer, der Wind, der langsam auffrischte, brachte das Wasser an der Küste in Bewegung.

Kleine Wellen liefen auf den Strand und die Möwen zogen sich ein paar Zentimeter zurück das Ufer hinauf, um keine nassen Füße zu bekommen.

Die Schafe lagen im Gras auf dem Deich und schauten einem ungetrübten Tag entgegen.

Die Natur schien im Reinen mit sich.

Sabine ging zu ihrem Wagen und fuhr zurück in die Stadt.

Die Ruhe und Gelassenheit der Natur, die hier auf die Menschen wirkte, sollte doch, nach ihrer Meinung jedenfalls, jeglichen Streit im Keim ersticken.

Mit geöffneten Scheiben fuhr Sabine Richtung Hafen. Die warme, vom salzigen Meer getränkte Luft strömte durch den Wagen und sie fühlte sich nirgendwo so wohl und zu Hause wie hier an der Nordseeküste.

Die Menschen, die Tiere und die Natur hatten hier ihre festgeschriebenen Aufgaben und niemand wusste besser als die hiesigen Bewohner, dass es keinen Sinn machte, zu versuchen, die Rangfolge zu ändern.

Als sie von der Schiffbrücke auf den Zingel bog und ein paar Meter gefahren war, sah sie einen alten Bekannten, genauer gesagt einen alten Freund und inzwischen lieb gewonnenen Kollegen.

Steffen Heller saß regungslos auf einer Bank, hatte den Kopf weit zurückgelehnt und blickte verloren in den Himmel.

Das sah nicht gesund aus.

Weder diese Haltung noch die Körpersprache ließen darauf schließen, dass Heller sich in einer guten Verfassung befand.

Sie parkte den Wagen ein Stück entfernt und ging zu Fuß zurück zur Bank und zu Steffen.

„Na, mein Lieber, hast du Sorgen oder ist das hier eine neue Entspannungsmethode?", ulkte sie.

„Na ja", begann Heller, „geht so, ich fahre heute Abend mit Dieter raus aufs Wasser. Wir wollen uns da mal umschauen."

„Du?", fragte Sabine erstaunt und konnte sich ein breites Grinsen nicht verkneifen.

Heller dreht seinen Kopf in ihre Richtung, schloss seine Augen und nickte.

„Ja, ich. Der Mann, der nur dann seetauglich ist, solange er genug Abstand von Schiffen auf dem Wasser hält. Willst du mitkommen?"

Sabine konnte sich zurzeit keine bessere Veranstaltung vorstellen und bejahte lachend.

„Und wann geht's los, Steffen?"

„20 Uhr bei Dieter vorm Büro." Er wand sich auf der Bank, als wäre ihm jetzt schon schlecht.

Sabine zog ihre Sechzigerjahre-Sonnenbrille aus der Tasche und schob sie sich langsam auf ihre Nase.

„Soll ich mitkommen und Händchen halten?", lächelte sie süffisant in den Himmel.

Heller war sich nicht sicher, ob er diese doppelte Schmach ertragen konnte, aber da Sabine es ohnehin wusste und nicht aufhören würde zu sticheln, bis er Ja sagte, willigte er lieber sofort ein.

„Und was machen wir bis dahin?" fragte Heller.

Sabine schaute auf ihre Uhr und zog die Stirn in Falten.

„Na ja, es ist 13 Uhr, ich denke, wir machen jetzt Mittag und legen dir mal eine gute Grundlage in den Bauch für das Abenteuer auf weiter See heute Abend."

Schon alleine bei dem Wort Essen und dem Gedanken an ein gierendes Schiff stiegen Hellers innere Organe in eine der Achterbahnen in Disney-Land, in denen er sich genauso fühlte wie auf einem Schiff. Er musste sich zusammenreißen, sich nicht sofort zu übergeben, aber zum Glück hatte er sich einigermaßen im Griff, setzte sich wieder aufrecht hin, sah zu Sabine und nickte.

„Dann lass uns mal was essen gehen, ich lade dich ein."

Sie gingen nicht hinunter an den Hafen, sondern suchten sich ein kleines Restaurant in der Nähe.

Sabine aß einen Salat und trank eine Apfelsaftschorle, Heller nahm eine große Portion Bratkartoffeln mit Speck, ohne irgendwelche Extras wie eine Scholle und nichts zu trinken.

Er schaufelte sich die salzigen Kartoffelstücke in seinen Mund und verfolgte, wie sie aus seinem Mund durch die Speiseröhre in seinen Magen plumpsten.

Eine gute Grundlage, ein starkes Fundament gegen eine tobende See, in der sich Leichtmatrose Heller jetzt schon verloren vorkam.

Aber das hatte noch Zeit, erst mal essen und dann kam der nackte Kampf ums Überleben.

Auf dem Kutter herrsche entspannte Stimmung.

Jan war in seinem Stuhl eingeschlafen und Johann hatte sich ein Buch geschnappt und las „111 Dinge, die man über das Wattenmeer wissen muss" von Petra Wochnik und Andreas Kleese.

Er hatte es auf dem kleinen Stapel entdeckt, der zu Hause immer neben der Toilette lag.

Dass er ein derartig informatives Buch besaß, war ihm nicht bewusst gewesen.

Er las über Ebbe und Flut, die er ja nun kannte, aber eben auch über die enormen kosmischen Kräfte, die wirkten, um den Wasserpegel steigen und eben auch fallen zu lassen.

Er war so vertieft in das Buch, dass ihm nicht auffiel, dass er die ganze Zeit stillschweigend von einer silbergrauen Möwe, die sich ihm gegenüber auf die Reling gesetzt hatte, beobachtet wurde.

Eigentlich beobachtete sie nicht ihn, sondern die Touristen.

Diese blauäugigen Flachlandtiroler, die doch tatsächlich glaubten, hier herrsche nur Friede, Freude, Eierkuchen.

Da hatten sie die Rechnung eben ohne den Wirt, den Abräumer, eben ohne die Möwen gemacht, denn sie waren die, die hier die frei lebenden Räuber der Lüfte waren.

Zwar wurden sie verlacht und nicht ernst genommen, doch unter ihrem silbergrauen und glänzenden Gefieder schlug ein räuberisches Piratenherz, das zu allem bereit war.

Sie konnten stundenlang in der Luft kreisen und auf ein kleines Kind mit einem leckeren Eis warten, es beobachten und dann in einem Moment der Unachtsamkeit aus der Luft herniederstürzen, sich das Eis schnappen und davonfliegen und ein schreiendes und weinendes Kind zurücklassen. Oder man hatte Geduld.

Wartete auf den richtigen Augenblick an der richtigen Stelle. Diese Stelle schien genau hier zu sein.

Die beiden alten Knacker, die jeden Tag auf ihrem Kutter saßen und sich vorkamen wie Hochseefischer: Auch sie waren in das Visier der Möwen geraten.

Der eine von ihnen war schon eingeschlafen und bei dem anderen würde es nicht mehr lange dauern.

Die beiden Männer waren gerade interessanter als jeder Tourist, der sich am Hafen aufhielt.

Geduld war das Gebot der Stunde und wenn jemand Geduld hatte, dann Möwen.

Also ließ sich der gefiederte Störtebeker die Sonne auf die Federn scheinen, genoss das immer wiederkehrende Auf und Ab des Kutters durch die kleinen Wellenbewegungen und behielt den Mann mit dem Buch fest im Blick.

Auch seine Zeit würde kommen und dann lag dort ein Festschmaus bereit.

Johann saß backbord, also auf der linken Seite des Schiffes mit Blickrichtung Bug. Da saß er und überprüfte in aller Ruhe verschiedene Werkzeuge, die er gleich benötigen würde, um mit seinem heutigen Tagesziel zu beginnen, außerdem hatte er Wache, das hieß, dass er auf die Taue achten musste, die den

Kahn am Kai und auf dem Liegeplatz hielten. Bei ablaufendem wie auch bei auflaufendem Wasser.

Das hatten er und Jan so abgesprochen und heute, am Sonntag, war er mal wieder an der Reihe.

Er war schon den ganzen Morgen hier, hatte beobachtet, wie der Kutter sich bei ablaufendem Wasser langsam an der Kaimauer hinabsenkte, um dann im Schlick im weichen Untergrund zu Boden zu sinken.

Jetzt war erst mal Zeit für ein paar kleine Reparaturen, bevor es dann in ein paar Stunden wieder langsam aufwärts gehen würde.

Die Zeit bis dahin wollte er mit Roststechen und Abschleifen verbringen.

Er hatte seinen Zeitplan so zusammengestellt, dass er, wenn es denn bald wieder aufwärts gehen würde, diese Zeit am Heck verbringen würde.

Gemütlich in seinem Stuhl.

Die Ebbe hatte den Vorteil, dass man jetzt nicht mehr auf Augenhöhe mit den Spaziergängern war, die den ganzen Tag großäugig am Hafen entlangschlichen, als wären sie in einem Museumsdorf und alles, was hier passierte, würde nur zu ihrer Unterhaltung geschehen.

Da hatten die sich aber gehörig geschnitten.

Seemänner gehörten weder ins Museum noch veranstalteten sie irgendeinen Budenzauber für gelangweilte Rheinländer; und bei Rheinländer fiel ihm Winfried Wümme ein und erst musste er bei den Erinnerungen an diesen ungelenken, verschrobenen, aber eben doch sehr liebenswerten Mann lachen, dann fiel ihm ein, dass er sich bei ihm melden wollte.

Ach, wenn man sich im Alter nicht alles aufschreibt, dann fehlen da auch schon mal die Verbindungen und man vergisst eben Termine.

Das Wichtige war nur, dass er sich erinnerte.

Johann griff nach einem Zettel und notierte auf ihm, dass er sich bei Winfried melden wollte.

Dann ging er zurück an den Platz seines Vorhabens und begann, die kleinen rostigen Stellen im Lack mit einem kleinen Stechbeitel zu bearbeiten.

In aller Ruhe werkelte er so vor sich hin und draußen auf dem Meer sammelten sich die ersten Pfützen, um dann als kleine Rinnsale Richtung Festland zu fließen und dann in breiteren Strömen wieder das Hafenbecken zu füllen.

Johann legte sein Werkzeug beiseite, holte sich den kleinen Klappstuhl und stellte ihn in Wachposition auf das kleine Heck des Kutters.

Entspannt setzte er sich in den Stuhl und schaute die Kaimauer hoch und von oben blickten ihn ein paar braune Augen erwartungsvoll und hechelnd an. „Gleich gibt's Frühstück."

Gleich ist ein dehnbarer Begriff und wenn Johann überlegte, dass es noch gut vier Stunden dauern konnte, bis Herr Hansen aus seiner Hand etwas zu essen bekam, dann schien ihm dieser Begriff bei der Weite des Meeres und der Endlosigkeit des Himmels doch recht angemessen.

Man musste ja nichts überstürzen, sich aus dem bequemen Stuhl erheben, die schmale Stiege hinaufsteigen, um Herrn Hansen sofort persönlich zu füttern.

Das hatte noch Zeit.

Wer sich keine Zeit zum Leben nimmt, verpasst einfach zu viel.

In aller Ruhe zündete er sich seine Pfeife an, schnappte sich seinen gefüllten Kaffeebecher und beobachtete, wie sich der Kutter in aller Seelenruhe langsam, aber stetig an der Kaimauer emporarbeitete und der geschäftigen Welt mit jedem Millimeter näherkam.

Das Leben kann doch einfach so schön sein.

Während sich Natur und Mensch in einem ständigen unbewussten Kampf gegeneinander befanden, musste Heller sich nach dem reichhaltigen Essen aus dem Stuhl gegen die Schwerkraft wieder auf seine Beine hochhieven.

Nachdem er für Sabine und sich bezahlt hatte, stützte er sich mit den Handflächen auf beiden Stuhllehnen ab und drückte sich langsam nach oben in die Senkrechte.

Er machte dabei keine ausgesprochen elegante Figur und Sabine registrierte das auch, doch sie verbot sich jeglichen Kommentar, da sie wusste, wie ihr Kollege jetzt schon an der bevorstehenden Seekrankheit litt, die ihn auf der kurzen abendlichen Seeexkursion ergreifen würde.

Irgendwie tat er ihr leid.

„Lass uns noch mal ins Büro und die Aufzeichnungen durchschauen, vielleicht haben wir ja etwas übersehen", schlug sie vor.

Heller, der in der Zwischenzeit wieder auf seinen Beinen stand, nickte, willigte ein und ließ erst jetzt ganz langsam die Stuhllehnen los.

Er machte wirklich keine gute Figur zurzeit.

Die beiden gingen zum Wagen und fuhren zum Revier und während Sabine sofort das Innere der Polizeistation betrat, blieb Heller vor der Tür stehen und rauchte in Ruhe ein Zigarette.

Auf der Straße war kein Mensch zu sehen.

Früher hatte er diese Stadt dann immer als tot empfunden, zu klein, als Dorf.

Jetzt erschien es ihm als Ruhe.

Als gelebte Gelassenheit.

Ihm fehlte der Trubel nicht, die vollen Straßen, die Dauerpartystimmung.

Die Vorteile von Husum lagen woanders, nämlich genau in diesen Momenten der Stille.

Wenn man genau hinhörte, konnte man alles hören, was man brauchte.

Ein Gemisch aus Menschenstimmen, Vogelgezwitscher und den lauten Rufen der Seevögel.

Dazu der Duft des Meeres, und das alles zusammen brachte ihm, der es nie verstanden hatte, was seine Eltern so schön an dieser Stadt gefunden hatten, eine tiefe, innerliche Ruhe, Abstand von Stress und Hektik.

Einfach nur dadurch, dass er hier stand, in den Himmel blickte und um die Schönheit dieser Stadt wusste, die zum großen Teil nicht in ihr, sondern vor ihrer Haustür lag.

Beeindruckend und friedlich.

Wild und ungezähmt.

Schöpferisch und zerstörerisch.

Das Meer, das den ruhigen und konstanten Pulsschlag dieser kleinen, vielfarbigen Stadt am Meer bestimmte.

„Ja, Theo", dachte er bei sich, „zu deiner Zeit gab es ja nun mal auch noch keine Farbfotografie."

Er sah in die Sonne und musste für einen kurzen Augenblick an seinen Vater denken und sagte: „Du machst das schon Vaddern, du machst das schon".

Er drückte seine Zigarette aus und betrat das vollklimatisierte Polizeigebäude.

Als er sich der Glastür zum gemeinsamen Büro näherte, konnte er sehen, dass sie, während sie den Telefonhörer zwischen Schulter und Wange eingeklemmt hatte und sprach, schon begonnen hatte, in dem Berg aus Fipes Aufzeichnungen zu suchen.

Er öffnete leise die Tür, Sabine sah zu ihm und verstummte. „Wir hören uns später", war ihr letzter Satz, dann legte sie fast etwas peinlich berührt den Hörer auf.

„Na, Seemann, alles in Butter auf dem Kutter?", lachte sie ihn fast schadenfreudig an.

Heller winkte mit einer schlaffen Handbewegung ab und ging zu seinem Schreibtisch, um sich wie ein nasser Sack in seinen Stuhl fallen zu lassen.

„Was gefunden, Chefin?" war seine lakonische Antwort.

„Absolut nichts, nada, niente", erwiderte Sabine.

„Ist ja auch ein bisschen viel da auf deinem kleinen Schreibtisch, meine Liebe. Lass uns den Kram mal an die Wand kleben und uns eine andere Perspektive auf die Zusammenhänge verschaffen, was hältst du davon?"

Sabine schielte auf die große, frisch gestrichene weiße Wand, raffte alles zusammen, was auf ihrem Tisch lag. Dann warf sie alles auf den Fußboden, um dann Zeitungsausschnitte, handschriftliche Notizen und kleine andere Aufzeichnungen so hinzulegen, dass man einen ungetrübten Blick auf jedes einzelne Stück hatte.

Die beiden Kriminalbeamten standen am Rande des neuen Fußbodenbelags und umkreisten die Details mit ihren Blicken. Steffens Blick fiel auf einen kleinen Zettel, auf dem stand: Treffpunkt: Mole Nord 23 Uhr.

„Lass uns doch einfach mal den hier nehmen", sinnierte er mit ruhiger Stimme, fischte den Zettel mit spitzen Fingern aus dem Wust von Aufzeichnungen.

Dann ging zur Wand und pinnte ihn mit einer Reißzwecke ins Zentrum der noch großen, weißen Leere.

Die große, freie Fläche war eine gut getarnte Pinnwand, die im Normalfall zum Anpinnen diverser Beweisfotos genutzt wurde.

„Das ist doch mal ein Anfang", lachte Sabine und sah auf den kleinen, in dem endlosen Weiß verlorenen Zettel an der Wand.

„Durchaus dekorativ", konterte Steffen.

Im Laufe der nächsten Stunden füllte sich die Wand immer mehr und ab und zu ernteten sie erstaunte Blicke durch die Glasscheibe zu ihrem Büro.

Als dann der letzte Fetzen an der Wand hing, nahmen sich beide ihren Schreibtischstuhl und setzten sich in einem ausreichenden Abstand vor das neu sortierte Zettelgewirr, um Zusammenhänge herauszufinden, die vielleicht in den kleinen Abständen zwischen den Aufzeichnungen lagen.

Heller schlug seine Beine übereinander, verschränkte die Arme vor seiner Brust und blickte konzentriert auf jedes einzelne Detail.

„Fipe, verdammte Scheiße, Fipe, was war da los bei dir?", flüsterte Steffen in die Hand, die er sich gerade in schwerer Denkerpose vor seinen Mund hielt.

Er versuchte einen klaren Gedanken zu fassen, einen hilfreichen Gedanken zu finden.

„Vielleicht gehen wir die Sache ja von der total falschen Seite an", ergänzte Sabine unbewusst Hellers Gedanken, „wenn nun eben nicht alles so friedlich bei den Brüdern abgelaufen ist, wenn die beiden sich doch wegen der Ausrichtung ihrer Geschäftsziele in den Haaren hatten? Wir brauchen jemanden, der uns das bestätigt, jemanden aus dem inneren Kreis der beiden Fischhändler", setzte Sabine ihren Gedanken fort.

„Einen Undercover-Angler? So was in der Art?", grinste Heller übers ganze Gesicht.

„Ja, und da kommst du ja kaum in Frage, Leichtmatrose, wenn dir allein bei dem Gedanken an das Auf und Ab eines Schiffes schon schlecht wird", konterte Sabine und sah Heller mitleidig an.

Heller überging diese Bemerkung, hörte nicht hin, zumindest hatte er das nicht gewollt, aber die Worte von Sabine erinnerten ihn an seine Verabredung am Abend und die setzte ihm sofort wieder körperlich zu.

„Ich bin ja bei dir", setzte Sabine in einem mütterlichen Ton fort und streichelte ihm über seine Wange.

„Du siehst mich ratlos, Sabine", dachte Heller laut, „ich kannte Fipe und der wollte nie mehr, als das Geschäft seiner Eltern fortführen. Seinen Bruder hatte ich da gar nicht so auf der Uhr, weil der eben immer schon andere Ziele hatte. Wie gesagt, der hat von dicken Autos und Golduhren geträumt und ist dann am Schluss doch hinter dem Verkaufstresen im Laden gelandet. Dem müssen wir mal auf die Pelle rücken und rauskriegen, was er gemacht hat, welche Kontakte er hat und welche Sachen er vielleicht nebenbei gedreht hat. Wenn da jetzt jemand im Laden fehlt, haben wir die Chance genau dort jemanden reinzusetzen, der sie erst mal ausfüllt und uns vielleicht mit neuen Informationen versorgen kann, während wir versuchen, die neue Wanddeko zu ordnen. Was meinst du?"

Sabine nickte und während sie dasaßen und die Zettel vor ihrem geistigen Auge hin- und herschoben und im Kreis drehten, um einen Lösungsansatz zu finden, tickte die Wanduhr hörbar und jede Bewegung des Sekundenzeigers brachte Heller näher an die totale Verzweiflung und er hatte Angst davor, schon jetzt grün im Gesicht zu erscheinen.

Seekrankheit ist schlichtweg unfair, wenn man diese Stadt, die Natur und das Meer liebt.

Hätte er nicht einfach Legastheniker sein können?

Die Zeit verging also hörbar und nach endlosen Blicken in die verzettelten Aufzeichnungen, vielen Fragen und Ideen, waren sie sich einig, jemanden in den Fischladen einzuschleusen, der undercover ermitteln würde.

Sie waren sich noch nicht ganz sicher, wer das machen konnte, aber das war ein Weg, Fipes Mörder einzukreisen.

Dann war es so weit.

Hellers Stunde hatte geschlagen.

Um 19 Uhr verließen die beiden ihr Büro und machten sich auf zum Hafen, um gemeinsam mit Tonnen-Dieter aufs Wasser rauszufahren, Richtung Südfall.

Und während sie gemütlich und zu Fuß Richtung Hafen gingen, beendete an anderer Stelle ein Mann ein Telefonat mit den Worten: „Ich habe euch von Anfang an gewarnt, dass sie euch irgendwann auf die Schliche kommen. Jetzt seht gefälligst selber zu, wie ihr euren Arsch rettet. Das geht mich nichts an. Ich schulde euch rein gar nichts."

Der Mann knallte wutentbrannt den Hörer auf die Gabel seines alten Telefons, hielt einen Moment die Luft an, um dann schreiend auf seinen Schreibtisch einzuschlagen.

Er legte seine Hände vor sein Gesicht und atmete tief ein.

So verharrte er einen kurzen Augenblick, ließ dann seine Hände sinken und griff nach einem Fotoalbum, das vor ihm auf dem Schreibtisch lag. –

Er öffnete es und die alten Bilder zeigten ihn, seine Eltern und seinen Bruder am Strand von St. Peter- Ording. Es war lange her, aber in Enno Petersens Erinnerungen fest verankert.

Es war der Urlaub, in dem die beiden Brüder schon als kleine Jungs festgelegt hatten, wer welche Aufgaben im elterlichen Geschäft übernehmen würde, sollte der unwahrscheinliche Fall eintreten, dass ihre Erziehungsberechtigten frühzeitig ableben würden.

Damals war schon klar, dass Peter Petersen lieber fischte, als hinter einer Kasse zu stehen und bei Enno war es eben genau umgekehrt.

So waren die Rollen ohne großen Streit schnell vergeben worden und die beiden Jungen konnten ihre Eltern beruhigen, dahingehend, dass im Falle ihres Todes alles geregelt sei.

Sabine und Steffen kamen pünktlich am Treffpunkt an, just in dem Moment öffnete sich die Tür und heraus kam Dieter.

Heller stellte die beiden einander vor und die drei machten sich auf den Weg Richtung Außenhafen.

Nicht weit hinter der alten Klappbrücke lag Dieters „Schulschiff". Keine große Motorjacht, sondern ein 3,35 Meter langes Motorboot mit einem 9-PS-Inboarder, also einer eingebauten Maschine. Mit dieser Nussschale machte Dieter seine Ausbildungskurse für etliche Varianten zum Erlangen eines Führerscheines für Motorboote.

Der Rumpf war auffallend bauchig und breit geschnitten, eben kein Rennschlitten, sondern eher eine Rentnerschüssel.

„Für gemütliche Ausflüge bei Sonnenschein und ruhiger See", ging es Heller durch den Kopf, bevor er seinen ersten Fuß an Bord setzte.

Der Boden unter ihm gab nach, doch jetzt musste er sich seinem Schicksal stellen.

Es gab kein Zurück mehr.

Jetzt war er an Bord des Schiffes, also volle Konzentration auf das Wasser und die inneren Organe.

Heller setzte sich achtern auf den erstbesten Platz, den er ergattern konnte, dann kam Sabine und daraufhin folgte Dieter, der schon bevor er dieses Forschungsschiff betrat, die Taue, die die Nussschale auf ihrer Position hielten, gelöst und an Bord geworfen hatte.

Behände und fast leichtfüßig schwang sich der große Mann an Bord, griff in eine kleine Luke und legte den Benzinhahn um und startete die Maschine.

Alles vibrierte und dann setzte sich der kleine Kahn ruhig und sicher zwischen den Pollern hindurch in Bewegung, um dann Richtung Nordsee aus dem Hafen auszulaufen.

„Dann wollen wir mal schauen", rief Dieter lachend, während er die trockene Pfeife, auf der er herumkaute, fest zwischen seinen Zähnen hielt.

„Ja, wollen wir mal schauen", dachte Heller und begann die Möwen zu zählen, die im Abendlicht auf der ruhigen Wasseroberfläche schwammen und ihm ganz offensichtlich schadenfreudige Blicke zuwarfen.

Die ganze Natur hatte sich gegen ihn verschworen.

Sie liefen in gemächlichem Tempo vorbei an anderen Schiffen aus dem kleinen Seitenarm des Hafens aus.

Tonnen-Dieter stand hinter dem Ruder des kleinen Bootes, grüßte nach links und nach rechts Segler und andere Bootsbesitzer, um dann in einer geschmeidigen Kurve Richtung offenes Meer zu steuern.

Heller spürte die inneren Kämpfe und Verkrampfungen, ließ sich aber nichts anmerken.

Er war schließlich Husumer, Norddeutscher, an der See geboren.

Er lehnte sich zurück, zog an seiner gerade angezündeten Zigarette und blies den Rauch in den warmen Fahrtwind.

Die Nussschale rollte leicht von einer Seite auf die andere, kaum merklich für jemanden, der es gewohnt war, aber für Heller war es die reinste Tortur.

Sabine stand neben Dieter und folgte seinem Zeigefinger, der mit ihm immer auf den Platz deutete, von dem er erzählte und erklärte, was an dieser Stelle wann passiert war.

Gut, wenn sie Ablenkung hatte, so fiel ihr jedenfalls nicht so auf, wie sein eigener Zustand war.

Blödes Wasser.

Heller schloss die Augen und versuchte sich jetzt selbst von seiner Übelkeit abzulenken.

Er begann über die unterschiedlichsten Dinge nachzudenken: Hamburg, seine Ex-Frau, seinen Kontostand und die Überziehungszinsen und dann an seine Mutter, was ihn wieder zurück nach Husum und ans Meer brachte.

Es gab kein Entrinnen.

Überall Wasser, endlose Weiten.

Die Sonne senkte sich langsam und begann am Horizont ihre tiefroten Strahlen ins Meer zu legen und das Wasser in tausend verschiedene Rottöne zu färben.

Die Möwen hoch über ihm durchzogen den wolkenlosen Sommerhimmel und – verdammte Scheiße – wenn doch sein Magen diese Stimmung genauso genießen könnte, wie er es gerne gewollt hätte.

Dann drehte Sabine sich auf einen Schlag zu ihm um und warf Heller einen Blick zu, als hätte sie ihn irgendwo verloren und plötzlich wiedergefunden.

So kam es ihm vor.

Sie meinte es aber bei Weitem nicht so, sondern wollte ihn in seiner momentanen Lage einfach nicht stören.

Sie kam auf ihn zu und er wunderte sich über ihren sicheren Gang auf dieser schwankenden Schaluppe.

„Na, Steffen", begann sie und setzte sich neben ihn, „wie sieht's aus?"

Er blickte sie aus einem blassgrünen Gesicht mit farblosen Augen an, lächelte und antwortete: „Alles bestens, ich fühl mich wie ein Fisch im Wasser, pudelwohl."

Man sah ihm an, dass er log und das lag nicht an roten Ohren, wie es gemeinhin behauptet wird, sondern an der blassgrünen Farbe, die von der Stirn aus langsam über sein ganzes Gesicht wanderte und sich leuchtend verbreitete.

Er lächelte, verkrampft wie sein Magen, winkte ab und meinte nur:

„Alles gut, Sabine, damit komm ich klar, nur eine Party wäre jetzt sehr unangebracht."

In diesem Moment drehte sich Dieter erneut zu ihm, verlangsamte schlagartig die Umdrehungen der Maschine und grinste an Sabine vorbei, Steffen Heller direkt in sein grünlichbleiches Gesicht.

„Na ja, mein Lieber", begann er in einem fast feierlichen Ton, „wir haben es schon geahnt, dass du dieses Datum heute vergessen hast, aber heute vor genau 30 Jahren saßen wir zusammen am Hafen und haben uns geschworen, dass wir uns immer und jedes Jahr zu diesem Zeitpunkt in Husum treffen, um gemeinsam das Leben zu feiern. Wir haben es die letzten Jahre so gehalten, doch du warst nie anwesend, deswegen hielten Sabine und ich es für das Beste, dich auf ein Boot zu entführen, mit dir ein bisschen durch die Gegend zu schaukeln und einen Kleinen zu trinken. Konnte ja keiner ahnen, dass du immer noch so empfindlich auf eine kleine Schiffschaukelei reagierst. Dieser Mordfall ist zwar tragisch, aber mein Lieber, so bitter es auch klingen mag, er passte zeitlich perfekt in Sabines und meinen Plan."

Heller hob seinen Blick und schaute kopfschüttelnd erst in die Augen von Dieter, dann in die von Sabine, und schlagartig wie ein kleiner Silberstreif am Horizont nach einem Sturm auf See durchzuckte ein kleines Lächeln das Gesicht Hellers.

„Ihr habt sie doch nicht alle", stöhnte Heller, behielt die Zigarette im Mundwinkel, legte seine Hände flach aufeinander und fragte: „Und was gibt's jetzt zu trinken?"

Dieter ließ sich das nicht zweimal fragen, öffnete ein kleine Klappe neben dem Steuerrad und zog eine Flasche Linie und drei frisch gespülte Gläser hervor. Die drei Gläser in der einen und die Flasche in der anderen Hand kam er auf Sabine und Heller zu und setzte sich zu ihnen.

„Dann wollen wir mal", sagte er und goss allen ein Glas von der leicht goldschimmernden Flüssigkeit ein.

Die drei stießen an und gossen das kleine Glas mit dem Ausspruch „Hau weg den Scheiß" in ihre Münder.

Während Dieter und Sabine den vollen Geschmack des Aquavits kosteten, nippte Heller erst einmal vorsichtig an seinem kleinen Getränk, um es dann doch ganz und gar auf einen Schluck runterzukippen.

Während die Seefesten auf dem Boot standen und lachten, kauerte sich Heller auf der Bank zusammen und trank vorsichtig von seinem Getränk.

Der Geschmack rann über seine Zunge, floss dann seine Speiseröhre herunter und erwärmte dann wie ein Sonnenaufgang seinen Körper strahlenförmig von innen. Wie ein Sonnenaufgang, bei dem sich das wärmende Licht auf Land und Wasser legen und eine Wohlfühltemperatur zurückbringen konnte.

Es entspannte seine missliche Lage ein wenig und als er das erste kleine Gläschen geleert hatte, war es auch schon wieder voll.

Dieter stand breit grinsend vor ihm.

„Mensch, Steffen, das kann doch nicht angehen. Du bist ja so grün im Gesicht wie meine Steuerbordlaterne."

Er lachte und Heller richtete sich stöhnend und vorsichtig auf.

Er setzte das Schnapsglas an und ließ es in einem Rutsch seine Kehle runterlaufen.

„Wird's besser?", fragte Dieter.

Heller nickte vorsichtig.

Bloß keine hektischen Bewegungen auf dem schmalen Weg der scheinbaren Besserungsgefühle in der Magengegend.

Nach dem fünften Glas saß Steffen Heller aufrecht und begann sogar, mehr oder weniger flüssig zu sprechen.

Nach dem sechsten begann er sogar zu lachen und mit zunehmender Dunkelheit verbesserte sich sein gesundheitlicher Zustand.

Er rauchte entspannt, während er noch einige Getränke zu sich nahm, Sabine und Dieter hingegen hielten sich an Tee und Mineralwasser.

Steffen Heller startete das Gespräch mit Erzählungen von seiner Zeit in Hamburg, von der unschönen Scheidung von seiner Frau und wie sehr sie ihm fehlen würde, dann begann er, ein Loblied auf Husum zu singen.

Wie schön es wäre, hier zu leben mit der Sicherheit, dass man mehr Menschen treffen würde, die man kenne, statt pausenlos neuen Gesichtern über den Weg zu laufen.

Er philosophierte über das Zusammenwirken von Naturkräften und den Menschen, die hier lebten, und dass sich die Verlässlichkeit von Ebbe und Flut eben auch auf die Bewohner von Küstenstädten übertragen würde.

Sabine und Dieter schoben diese plötzliche und überschwängliche Liebe zu den kleinen Orten an der Küste dann aber doch seinem Genuss des Aquavits zu, denn für so viel Heimatliebe war Heller nicht bekannt, und die beiden kannten ihn dann ja doch eine lange Strecke seines Lebensweges.

Der Himmel verdunkelte sich langsam und die drei redeten über ihre gemeinsame Vergangenheit, die Träume, die in Erfüllung gegangen waren und die, die sie noch verwirklichen wollten.

Eine intime Stimmung in einem kleinen Boot in der endlosen Weite des Meeres.

Hellers Gesundheits- und Gemütszustand hellte sich ein wenig auf.

Er saß jetzt entspannt auf der Bank, rauchte eine Zigarette nach der anderen und begann fast, die kleine Bootstour zu genießen.

Er legte seinen Kopf zurück und schaute in den Himmel, der langsam seine Farbe änderte und auffallend dunkler wurde.

War er wirklich schon so lange auf dem Wasser?

Und er lebte immer noch?

Für ihn als Nordmann sollte das wohl kaum ein Problem sein, aber er war von Kindheit an nie gerne auf Booten und Schiffen gewesen und hatte freiwillig nicht eine Minute auf diesen schunkelnden Nussschalen verbracht.

Denn wenn man es richtig betrachtet, ist jedes Schiff, egal wie groß es ist, in den Unendlichkeiten der Meere deren nicht vorhersagbaren Kräften hilflos ausgeliefert.

Ist doch nun mal so und er war scheinbar mehr der Sicherheitstyp.

Heller mochte lieber den festen Untergrund.

Die Kontrolle behalten – und daraus ergab sich dann wahrscheinlich auch, dass er sich alleine schon in der Gegenwart eines Bootes ständig übergeben musste.

Das kleine Boot fuhr einen großen ausgedehnten Kreis durch die Husumer Bucht.

Sabine schaute sich ihren alten Freund und Kollegen an und empfand beinahe so etwas wie Mitleid mit ihm, denn diese Natur hier draußen, die Gezeiten, die Gerüche und Geräusche, all das, was das Wattenmeer ausmachte, das konnte man einfach nur genießen, und danach sah Steffen Heller zurzeit nicht aus.

Er glich eher einem, nein, sie wollte jetzt keine Vergleiche anstellen und ihn damit vor sich selbst schlecht machen, denn das war er nicht.

Heller war einfach nur verloren.

Der Mann, der ausgezogen war, um die Welt zu erobern, war hier in der Abgeschiedenheit der Natur und des freien Lebens in der Natur scheinbar gänzlich hilflos, so konnte man einen Freund wahrlich nicht hängen lassen.

Dieter sah Sabine an und schubste sie mit seiner Schulter in Richtung Heller.

„Geh schon, Sabine, setz dich mal zu ihm und schnack mit ihm, sonst fliegt der uns gleich noch weg."

Dieter wandte sich wieder in Fahrtrichtung, steckte sich seine alte Pfeife in den Mund und entzündete den Tabak, der sein fruchtiges Aroma in der salzigen Luft verbreitete.

Sabine näherte sich Heller, der immer noch mit zurückgelehntem Kopf in den Himmel starrte und nur die Augen in ihre Richtung drehte, als er merkte, dass sie sich ihm näherte.

Sie setzte sich neben ihn und trank einen Schluck heißen Tee, den sie sich kurz vorher noch aus der Thermoskanne von Dieter genommen hatte.

„Geht's dir besser, Steffen?", fragte sie leise.

Heller nickte schwerfällig mit dem Kopf und schob seine Lippen nach vorne.

„Geht schon, Frau Kollegin, geht schon." Und dann fügte er hinzu: „Wenn nur dieses ganze Wasser hier nicht rumschwimmen würde."

Sabine grinste und Heller warf ihr einen Blick zu.

„Wieso bringt jemand einen Fischer um und statt seine Leiche ins Meer zu werfen, wo die Chancen, dass sie verschwindet ja viel höher sind, vergräbt er sie in der Husumer Bucht bei Ebbe, nicht weit weg vom Strand. Da stimmt doch vorne und hinten was nicht."

Er stützte sich mit seiner eigenen Hand ab, um sich in eine aufrechte Körperhaltung zu bringen.

„Es gibt Menschen, die möchten, dass ihre Asche auf den Mond oder ins All geschossen wird, andere möchten verbrannt und neben ihrer Katze beerdigt werden.

Fipe war schon immer ein komischer Kauz und es kommt mir fast so vor, als sei ihm damit sein letzter Wille erfüllt worden und das würde dann heißen, dass der Mensch, der ihn dort verbuddelt hat, unseren Peter sehr gut kannte. Was meinst du?" Sabine atmete tief ein und die frische Seeluft füllte ihre Lunge. „Du hast recht, Steffen, doch sein Bruder hat ein Alibi, an den kommen wir ...", sie machte eine kurze Pause, „zurzeit noch nicht ran."

Heller steckte sich eine neue Zigarette an und während er das Feuerzeug aus der Verpackung fummelte, nickte er langsam und zustimmend, dann steckte er die Zigarette in seinen Mund, zündete sie an und wiederholte: „Noch nicht, Sabine, noch nicht."

Damit schienen sie sich einig zu sein, in welche Richtung ihre Ermittlungen laufen würden.

„Weißt du was, Steffen, da machen wir uns jetzt mal keinen Kopf drüber, genießen das hier noch ein bisschen und ab Montag schlüpfen wir wieder in unsere Kriminalbeamtenhaut und gehen die ganze Sache in Ruhe nochmal durch. Was meinst du?"

Heller blies den Zigarettenqualm in den jetzt nächtlichen Himmel und antwortete wie meistens durch ein stoisches Nicken.

Die beiden saßen nebeneinander und beide beobachteten Tonnen-Dieter, der hinter dem Steuerstand auf einem drehbaren Hocker saß, den süßlichen Qualm seiner Pfeife kontinuierlich ausblies und scheinbar zu irgendeinem Musikstück, das in seinem Kopf lief, leicht von links nach rechts schunkelte.

Das hatte er schon als kleiner Junge gemacht. Er hatte dann immer abwesend von dieser Welt gewirkt, nicht ansprechbar oder aufnahmefähig.

Heller wurde klar, dass es viel mehr gab als nur Straßen und Plätze, das einem das Gefühl von Heimat und Zuhause geben konnte.

Manchmal waren es eben auch nur die alten Freunde, deren Macken man neu entdeckte und mit denen man sich gemeinsam in eine ruhige und vergangene Sicherheit flüchten konnte.

Er fühlte sich hier wohl, hier war er zu Hause.

„Ich hol mir noch mal einen Schluck Wasser", meinte Heller und erhob sich von der kleinen Sitzbank.

Sabine lächelte vor sich hin und dachte bei sich: „Da hat der Kerl sich hier die ganze Zeit bemuttern lassen, hat gemerkt, das von Alkohol auf Wasser umgestellt wurde und hat so getan, als würde er hier gleich sterben. Heller, wie er leibt und lebt."

Als Steffen Heller an Dieter vorbeiging, legte der ihm freundschaftlich die Hand auf die Schulter und die beiden Männer sahen sich an.

Kein Wort kam über ihre Lippen.

Man muss ja auch nicht immer reden.

Nicht immer und hier im Norden schon mal gar nicht.

Irgendwann in dieser Nacht lief das kleine Boot wieder in den Husumer Hafen ein und die drei wussten, dass sie sich nicht nur aufeinander verlassen konnten, sondern auch, dass ihre Freundschaft noch immer mit einer großen Vertrautheit gekrönt wurde.

Heller wunderte sich über sich selbst. Ihm hätte von Anfang an klar sein müssen, dass diese ganze Geschichte mit der Bootstour eine Finte war. Südfall lag so weit entfernt, dass es überhaupt keinen Zusammenhang zwischen dem kleinen Eiland und Fipes improvisierter Begräbnisstätte geben konnte. Wie leichtgläubig war er in die Falle gelaufen.

In eine schöne Falle, die ihm ein weiteres Mal bewiesen hatte, dass sein Entschluss, zurück nach Husum zu kommen, absolut richtig gewesen war.

Sie räumten noch gemeinsam ihre gebrauchten Gläser unter Deck, Dieter leerte die Aschenbecher und dann verließ die Dreierclique das kleine Wasserfahrzeug.

Heller war der Erste, der seinen Fuß auf den Steg setzte, und es gab ihm doch ein sicheres Gefühl, also besser als auf der Nussschale, doch er verlor kein Wort, denn die anderen beiden hatten das ohnehin schon wortlos bemerkt.

So gingen sie zu dritt nebeneinanderher Richtung Husumer Hafen, um sich dann voneinander zu verabschieden. Dieter blieb vor seinem Büro stehen, in dem er auch wohnte, Sabine und Heller hatten noch ein kleines Stück gemeinsamen Weges am Hafen.

Als sie ein paar Meter voneinander entfernt waren, stoppte Heller seinen immer noch leicht unsicheren Gang und drehte sich zu Dieter um.

„Sag mal, Dieter, wann wusstest du, dass ich zu dir komme und mit was für einer Frage?"

Dieter blieb nun ebenfalls stehen, atmete tief ein und man konnte an seinen wippenden Schultern sehen, dass er lachte. Er dreht sich zu Heller um und kam wieder ein Stück näher.

„Weißt du, mein Lieber, seit wir hier von der Schule abgegangen sind, seit wir uns versprochen hatten uns regelmäßig zu treffen, hast du dich jedes Mal mit den windigsten Ausreden von unseren Klassentreffen ferngehalten, weil du wusstest, dass du uns eine Bootstour schuldest. Sabine und ich hätten dich ja so davonkommen lassen, aber jahrelang kein Wort, und dann auf einen Schlag die Chance zu haben, dich aufs Boot zu bringen und du selbst lieferst dafür die Vorlage, darauf hatten wir gewartet; und Sabine wusste, dass du zu mir kommen würdest. Als du euer Büro verlassen hattest, rief sie mich an, gab mir kurz die Eckpunkte durch – und die Tour war gebucht. Und sei doch mal ehrlich, war doch mal wieder schön und laufen kannst du ja auch schon wieder."

Dieter grinste über sein ganzes Gesicht und von Sabine kam ein leises Kichern.

Erneut legte Dieter seine Hand auf die Schulter von Steffen Heller, sah ihn an und fragte:

„Alles okay bei dir oder bist du jetzt sauer auf uns?"

Heller schüttelte den Kopf.

„Nein, Dieter, warum denn? Habe ich ja vielleicht auch nicht anders verdient", gab er kleinlaut zu.

Die drei nahmen sich noch einmal in den Arm und verabschiedeten sich endgültig voneinander.

Heller überlegte kurz, ob er noch einen Abstecher in den Bugspriet machen sollte, entschloss sich dann aber, ohne Umwege nach Hause zu gehen, um zu schauen, was er dort noch mit sich anfangen könnte.

Der Sonntagmorgen zog mit dichten, grauen Wolken über Husum in die kleine, bunte Stadt.

In anderen Städten, wurde es an solchen Tagen, wo es Menschen in die inneren Räume ihres Hauses oder ihre Wohnung treibt ruhig auf den Straßen.

Nicht so hier oben im Norden.

Frei nach dem Motto „Es gibt kein schlechtes Wetter, sondern nur die falschen Klamotten" waren auch an so einem Tag der Hafen, die Innenstadt und der Deich voll mit Menschen.

Sicherlich war es an so einem Tag nicht so bequem und unbedingt einladend, sich in ein Straßencafé zu setzen, aber dennoch hatten ein paar Lokalitäten ihre Außengastronomie

zugänglich gemacht und mit großen Schirmen ausgestattet, um vor eventuellem Niederschlag zu schützen.
Ein leises, ruhiges Getümmel in den Souvenirläden und den kleinen Straßencafés am Hafen.
In aller Ruhe spazierten die Menschen am Hafen entlang, Kinder fragten ihre Eltern, wie aus dieser Schlickgrube überhaupt ein Schiff abfahren könne und diese versuchten sich an die Zusammenhänge von Mondphasen, Erdanziehungskraft und dem Tidenhub zu erinnern, beziehungsweise die Zusammenhänge zu erklären.
Aber man kann ja nun nicht alles wissen.
Herr Hansen saß wie immer an der Hafenspitze und beobachtete aus seiner Hundeperspektive das ruhige und bunte Treiben an seinem Hafen.
Natürlich war das sein Hafen.
Andere Hunde gab es hier nicht.
Also sein Revier, seine Regeln.
Und mit wachen Augen verfolgte er das Zusammenspiel der Zweibeiner, die scheinbar alle mit einer kindlichen Aufgeregtheit um das trocken gefallene Hafenbecken herumspazierten.
Seine Blicke wanderten langsam und konzentriert über den Hafen und da entdeckte er einen Mann, der für seine Versorgung zuständig war.
Er erhob sich und schüttelte kurz sein Fell, um sich dann auf den Weg um die Hafenspitze zu seinem Frühstück zu machen.
Wurde auch Zeit jetzt.

Abseits von buntem Treiben und Geschäftigkeit drehte sich Steffen Heller in seinem Bett stöhnend auf den Bauch und zog sich sein Kopfkissen über seinen Kopf.

Das konnte doch nicht sein, dass die Nächte hier im westlichen Teil des Nordens kürzer waren als ein paar Kilometer weiter in Hamburg.

Er stöhnte, ließ das Kopfkissen los und es glitt langsam über seinen Nacken nach unten auf den Fußboden.

Das Gesicht immer noch tief in der Matratze vergraben, streckte er seinen rechten Arm über das Bett hinaus, tastete nach dem kleinen Tischchen, das daneben stand, um dann vorsichtig mit seiner Handfläche alles abklopfend nach seinem Handy zu suchen.

Da war es.

Er griff zu, drückte auf einen Knopf an der Seite und sein Mobiltelefon eröffnete ihm, dass es Sonntag sei, der Himmel bedeckt und irgendeine Temperatur zeigte es auch noch an.

Aber die Uhrzeit?

Hatte sein Handy gerade vergessen, die Uhrzeit anzusagen oder hatten sich Wetter und Mobilfunkgeräte wieder einmal gegen ihn verschworen?

Wie immer eben, wenn er wehrlos im Bett lag.

Es blieb ihm nichts anderes übrig, als sich zu bewegen.

Er versuchte es ohne große körperliche Anstrengung, doch das war hier im flachen Land, wo Sonne und Mond das gesellschaftliche und auch wirtschaftliche Leben durch den Entzug und die Zurückgabe von Wassermassen regelten, nicht möglich.

Hier war alles anders.

Vielleicht war auch nur der Erdkern näher an der Oberfläche als andernorts, letzten Endes gab es hier keine Berge und man konnte, wenn man wollte, dort, wo sonst Fische schwammen, trockenen Fußes spazieren gehen.

Nach einem langen Seufzer und der Einsicht, dass er nichts gegen den Tagesbeginn unternehmen konnte, drehte er sich langsam auf den Rücken, setzte sich auf und richtete seinen müden Körper so aus, dass er die Beine vom Bett auf dem Fußboden stellen konnte.

Er stützte seinen Kopf mit beiden Händen ab und erst dann öffnete er langsam seine Augen.

Mit seinen Fingerspitzen grub er sich durch seine Haare, als wollte er irgendeinen gedanklichen Anflug außerhalb seines Kopfes finden – man wusste ja schließlich nie, wo der rote Faden zuletzt gelegen hatte –, aber nach seinen nächtlichen Träumen als erfolgreicher Rockmusiker auf den Bühnen der Welt musste er feststellen, dass er auch hier nicht im Stande war, als Gewinner vom Platz zu gehen.

Gerade aufgewacht und schon gegen die Uhrzeit verloren.

Das konnte ja nur ein toller Tag werden.

Er stand auf, griff sich seinen dunkelblauen Bademantel, der an einem Haken neben dem Bett hing, und schlurfte barfuß in seine Küche.

Die Kaffeemaschine war wie immer vorbereitet, sodass er nur auf den Einschaltknopf drücken musste, dann nahm er sich eine Tasse aus dem Regal und verließ die Küche in Richtung Wohnzimmer, wo er vor den großen Terrassenfenstern stehen blieb und nach draußen in den trüben Tagesbeginn blickte.

Selbst bei diesem dünnen Licht fiel auf, dass sein Rasen nicht im besten Zustand war.

Es reihten sich kleine braune Flecken mit Gänseblümchenbeeten aneinander.

Hier und da ein Maulwurfshügel und die Farbe des Grases ließ auch zu wünschen übrig.

Genau das Richtige für solche braunen Daumen wie seine.

Er konnte sich ein leises Lachen nicht verkneifen, ging zu seinem alten Röhrenradio und beobachtete, wie dieses alte Gerät sich durch mehrere und langsame Zyklen einschaltete, um dann mit einem beruhigenden und tiefen Ton die Welt von draußen wiederzugeben.

Heller ging zurück in die Küche, gab erst einen kleinen Schluck Milch in seine Tasse, um dann den heißen Kaffee runterzukippen.

Er stieg in seine immer geöffneten Turnschuhe und marschierte zurück zur Terrassentür, öffnete sie und setzte sich auf den einzigen Gartenstuhl, den er besaß.

Nieselregen war doch bedeutungslos.

Der Morgen war schön.

Es war Sonntag.

Er hatte frei.

Was sollte da schon passieren?

Die Ruhe des Tages lag auf ihm wie die glitzernden Regentropfen auf den Blättern der Pflanzen in seinem kleinen Garten.

Und während er so unter dem Regenschirm in seinem Stuhl saß und die Begrünung betrachtete, die frische Luft atmete und alle Sorgen von ihm abzufallen schienen, kam ihm seit langer Zeit mal wieder der Gedanke, dass er es auch gut mit sich selbst aushalten konnte.

Er durfte eben nur nicht seinen Mund aufmachen.

Dann war das alles schon gut so.

Hell, dunkel und dann kam viel zu schnell das Montagmorgendämmerlicht.

Steffen Heller drehte sich in Richtung seines plärrenden Radioweckers.

Mit dieser Uhrzeit war er von Grund auf nicht einverstanden, doch die leise Musik, die aus dem kleinen Gerät drang, stimmte ihn sofort versöhnlich.

Charlie Watts trat die Bassdrum seines Schlagzeugs wieder unvergleichlich und zu „Sympathy for the devil" schraubte es sich viel leichter aus der muffigen Übernachtungsvorrichtung.

Durch die neu eingestellte Zeitschaltuhr war die Kaffeemaschine schon eingeschaltet und der Duft von heißem Kaffee beflügelte ihn zusätzlich zu Jaggers Gesangsversuchen.

Barfuß betrat er den gekachelten Küchenfußboden, was ein kurzes Aufblitzen in seinen Synapsen zur Folge hatte, doch die Sucht nach einem koffeinhaltigen Morgengetränk trieb ihn in seine kleine Küche in Richtung und genau vor die laufende Kaffeemaschine.

Er nahm sich eine Tasse aus dem Oberschrank, stellte sie neben die Maschine, griff nach der Kanne, die gefüllt war mit dampfendem Motivationssaft und kippte sich das Gebräu in seinen Becher, dann verließ er die Küche, um sich im Wohnzimmer auf dem Sofa mit Blick in den Garten niederzulassen.

Zwei Sonnenstrahlen fielen in seinen kleinen „Park", wie er ihn nannte, und am Himmel waren dicke Wolken, die sich gemächlich übereinander schoben.

Nur ein kleiner blauer Fleck war zu sehen, der gegen die graue Übermacht nichts ausrichten konnte.

So erschien es jedenfalls.

Aber nur Menschen, die einen der Lieblingssprüche seiner Mutter nicht kannten.

„Wenn der Himmel voller grauer Wolken hängt, dann muss man nur auf einen kleinen blauen Fleck achten, der so groß ist, dass man das Loch in der Hose eines Matrosen flicken kann.

Dann ist der Himmel blau genug", hatte sie immer gesagt, wenn er sich als kleiner Junge über das Wetter beschwert hatte.
Mit diesem Satz hatte seine Mutter ihm immer ein gutes Gefühl gegeben, nämlich dass auch ein bedeckter Himmel seinen Nutzen hatte, und wenn es nur der war, ihn als kleinen Jungen davon abzulenken, sich mit der aktuellen Wetterlage zu beschäftigen und sich davon den Tag versauen zu lassen.
Das hatte immer funktioniert und das tat es auch heute noch.
Die Halbwertszeit solcher Sätze ist schon manchmal sehr erstaunlich.
Irgendwann raffte er sich mehr oder minder widerwillig auf und erhob sich aus der bequemen Couch, um über den kurzen Umweg über das Badezimmer frisch gewaschen und in Jeans und Turnschuhen zur Arbeit zu gehen.
Hätte er gewusst, was ihn dort erwartete, wäre er noch langsamer gegangen als ohnehin schon.

Auf dem Weg ins „Präsidium", wie er es nannte, um diese kleine Außenstelle der Polizei für sich ein bisschen größer zu machen, schaute er sich wieder in aller Ruhe und mit einer kaum spürbaren Begeisterung die wenigen alten und kleinen Häuser an, die bunt bepflanzten Vorgärten, und alles sah so aus, als würden die Leute hier das nicht nur für sich, sondern auch für alle anderen tun, um diese Stadt in einem anderen Licht dastehen zu lassen.
Er bog in die Poggenburgstraße ein und bei dem Gedanken an den verwirrten Nazi und die erlogene Geschichte über die Namensgebung, von der Geschichte am Strand mit Nils-Henning hatte Sabine ihm berichtet, musste er grinsen.
Sabine hatte ihm erzählt, was passiert war, während sie sich mit Nils-Henning getroffen hatte.

Heller wurde bewusst, dass der Humor, der den Menschen dieser Stadt zu eigen war, ebenfalls ein Stück der Lebensqualität war, mit der man hier lebte.

Er öffnete die Tür zu seiner Dienststelle, betrat den kleinen Vorraum und ging in Richtung Büro.

Alle Kollegen schienen ausgeflogen.

Auf zwei Stühlen vor Sabines und seinem Büro saßen zwei junge Männer, offenbar Zwillinge.

Er grüßte sie mit einem tiefen „Moin", ging an ihnen vorbei und betrat das Büro.

Sabine saß über eine Akte gebeugt an ihrem Schreibtisch, sah lächelnd zu ihm auf und empfing ihn mit einem freundlichen Kopfnicken.

„Moin, Steffen, hast du dich wieder erholt? Alles klar bei dir?", fragte sie und konnte sich ein kleines, schmales, kaum sichtbares Lächeln bei dem Gedanken an die kleine Bootstour nicht verkneifen.

„Sonntag, Kaffee, Garten, Ruhe", antwortete Heller und drückte seinen Körper in die Rückenlehne des Schreibtischstuhls, „alles gut soweit, und bei dir?"

Seine Kollegin biss in diesem Moment von ihrem Käsebrötchen ab und nickte mit gefüllten Backentaschen und einem zufriedenen Gesichtsausdruck.

„Wir haben Besuch", waren ihre ersten, noch leicht vernuschelten Worte, „die beiden Jungs da draußen wollen mit uns reden, über Fipe."

Heller sah von seinem Schreibtisch auf und knipste erst jetzt die Schreibtischlampe an.

„Ach ne, die beiden ölbejackten Weißgesichter?", fragte er ungläubig nach.

„Genau die", bejahte Sabin nickend. „Die beiden haben schon vor der Tür gewartet, als ich kam und ich dachte, dass es besser ist, wenn du bei der Aussage mit dabei bist."

Heller holte tief Luft, und während er sich aus seinem Stuhl erhob, blies er die Luft mit aufgeblähten Wangen wieder aus.

„Dann wollen wir mal", er bewegte sich langsam um seinen Schreibtisch herum und blieb im Türrahmen, der die Grenze zum Wartebereich bildete, stehen.

Er schaute auf die beiden, jetzt schon viel zu viel sprechenden Hinweisgeber herab und deutete durch eine kurze Kopfbewegung an, dass sie ihm folgen sollten.

Die beiden standen synchron miteinander auf und bewegten sich im Gleichschritt an Heller vorbei durch die Tür ins Büro.

Von den Schuhen angefangen wanderte sein Blick langsam nach oben – bei jedem der Zwillingsbesucher –und sie hatten nicht nur den gleichen Gesichtsausdruck, der zu sagen schien „Wir bringen die Lösung zu diesem Fall", sondern auch jedes Detail ihrer Kleidung war identisch.

Schuhe, Hose, Gürtel, Jacke und Mütze, und wenn Heller von Mütze sprach, meinte er nicht etwa modische Wollmützen oder sportliche Basecaps.

Nein, Heller beschrieb so den in diesen Gefilden nur allzu bekannten Südwester.

Quietschgelb und schon seit seiner Erfindung kein großer Wurf in der Modewelt.

„Dann setzen Sie sich mal hierher, bitte", sagte Heller und griff die Zwillinge so an der Schulter wie ein Grundschullehrer, der einen Ausreißer zurück an seinen Platz bringt.

Als er die beiden auf den Stühlen deponiert hatte, machte er einen Umweg über die Kaffeemaschine, um sich dann galant wie ein nasser Sack in seinen Bürostuhl sinken zu lassen.

Er warf den beiden Jungs Blicke zu, von denen nicht schwer zu erraten war, dass sie aus einer Mischung von Neugierde und Misstrauen erfüllt waren.

Die beiden in Ölzeug gekleideten Jünglinge schienen das jedoch nicht zu registrieren.

Sabine, die die ganze Szene beobachtete und Hellers Blicke kannte, räusperte sich lautstark und Hellers Blick verwandelte sich in den eines besorgten Elternteils, das interessiert seinen Kindern zuhört, warum sie in Gottes Namen schon wieder eine miserable Schularbeit nach Hause gebracht hatten.

„Dann wollen wir mal", begann er und kramte in einer Schublade nach einem Zettel und suchte gleichzeitig auf der Oberfläche seines Schreibtisches nach einem Stift.

Nach kurzem Gewühle beendete er seine Suche erfolgreich und schaute die zwei Augenpaare, die ihn beobachteten, erwartungsvoll an.

„Also, meine Herren, darf ich erst mal um Ihre Namen bitten?", versuchte er mit einer gewissen Nonchalance den vier Augen, die ihn fixierten, den Anfang zu erleichtern.

„Hans und Heinz", war die schnelle Antwort.

„Und der Nachname ist wie?", fuhr Heller fort.

„Heinz", kam es aus einem der Münder.

Heller musste gar nicht lange nachdenken, sondern quittierte den Namen Heinz Heinz mit der Bemerkung: „Na, das ist ja mal ein Ding, hübscher Name, leicht zu merken."

Er musste alle Kräfte aufbieten, um nicht in schallendes Gelächter auszubrechen, als dann auch noch von Heinz Heinz der Zusatz „Junior" hinzugefügt wurde, verließ Sabine mit hochrotem Kopf und einem zusammengepressten Mund das Büro.

Heller ließ sich die Personalausweise der beiden Männer zeigen, zum einen musste er sich selbst überzeugen, dass es

Eltern gab, die aus einer Laune und einer scheinbaren Gedankenlosigkeit heraus ihren Kindern solche Namen gaben. Und zum anderen war es Teil der offiziellen Bestätigung ihrer Aussage.

Er atmete tief durch, klemmte sein Kinn auf die Brust und warf seinem Besuch aus dieser Position einen konzentriert selbstbeherrschten Blick zu.

Zur Vorsicht und seiner eigenen Überzeugungskraft gegenüber den jungen Männern atmete er erneut tief durch, um dann seinen Kopf langsam zu heben und sie nach ihrem Begehr zu fragen.

Er konnte es sich nicht verkneifen, es so auszudrücken.

„Es geht um Fipe", begann einer der Zwillinge, und weil sie sich zum Verwechseln ähnlich sahen, beschloss Heller in einem Hinterstübchen seines Kopfes sie Backbert und Steuerbert zu nennen, alles andere hätte ihn in Gespräche verwickeln können, die seine Selbstbeherrschung an die Grenze der Belastbarkeit gebracht hätte.

Auch wenn er nur mit der Hälfte seiner Aufmerksamkeit bei den beiden war, da er die andere Hälfte immer noch brauchte, um sich zusammenzureißen, kamen doch einige Informationen ans Licht, die ihm so noch nicht zu Ohren gekommen waren.

Das Wichtigste war wohl, dass Fipe eine Freundin gehabt hatte und die beiden Heinz-Zwillinge einen Streit beobachtet hatten. Irgendwo am Strand, bei Nacht, aus weiter Entfernung.

„Wieso seid ihr euch denn so sicher, dass es Fipe gewesen ist?", zweifelte Heller die Aussage an.

„Sie kannten ihn nicht, oder, Herr Kommissar?", fragte Backbert.

„Nur flüchtig", antwortete Heller, „warum?"

„Wenn Fipe sich aufregte", ergänzte jetzt Steuerbert, „wenn der sich aufregte, begann er zu lispeln und zu stottern.

Ein einmaliges sprachliches Merkmal."

Die Zwillinge saßen mit vor ihren gelben Regenjacken verschränkten Armen und nickten süffisant in Hellers Richtung, als hätten sie den Fall gelöst.

Ein fast desinteressiertes „Aha" war die Antwort des Husumer Polizeibeamten.

Aber nur nach außen. Er wollte den zwei Fragezeichen nicht den Genuss des Triumphes so ohne Weiteres überlassen.

„Und der Name der Dame?", fragte Heller.

Die Zwillinge bliesen ihre Wangen auf und Heller wusste, er würde keine erschöpfende Antwort bekommen.

„Fragen Sie doch mal seinen Bruder", fügte Steuerbert hinzu, „der soll vorher mit ihr zusammen gewesen sein."

„Wo hast du das denn schon wieder her?", fragte Backbert und schaute seinen Bruder mit großen Augen an.

„Das hab ich nur gehört, wissen tu ich das ja mal nicht", gab der zu.

Heller war kurz vorm Platzen und um sich etwas Luft zu verschaffen, fügte er hinzu: „Ja, ja, was weiß man heutzutage schon genau."

Er hatte den tiefen inneren Wunsch, ein großes Stück aus seinem massivem Schreibtisch zu beißen und es den beiden vor ihre Gummistiefel zu spucken.

Ganz Polizeibeamter und Kriminalist, der er war, lehnte er sich breitschultrig in seinem bequemen Sessel zurück, schaute die beiden Berts an, schaute auf seinen Notizzettel und wiederholte die neuen Hinweise, die er von der Gummistiefelbrigade erhalten hatte.

„Ist dem noch irgendetwas hinzuzufügen, meine Herren?", fragte er sichtlich offiziell.

Die beiden Zeugen schauten sich an und Heller konnte beobachten, wie die Fragen und Antworten, die sich die beiden gegenseitig stellten, in großen leuchtenden Lettern durch ihre Augen zogen.

Dann drehten sie ihre großen und runden Köpfe wieder in seine Richtung und antworteten unisono mit einem freundlichen „Nein".

Heller nickte erneut, tippte mit seinem Stift auf die Oberfläche seines Schreibtisches und sagte: „Gut, dann schauen wir mal, was wir damit anfangen können. Die Polizei Husum dankt Ihnen auf jeden Fall für Ihre freundliche Zusammenarbeit." Diesen Satz konnte er sich schlicht und ergreifend nicht ersparen und er lächelte die beiden Heinzel an, während sie aufstanden, in gleicher Richtung um die Stühle herumgingen, wobei ihre Ölhosen bei jeder Bewegung auch das gleiche Geräusch zu machen schienen, um sich dann in einer Körperhaltung, die an einen Morgenappell bei der Bundeswehr erinnerte, mit einem freundlichen Kopfnicken zu verabschieden.

Heller schüttelte den Kopf, während er wieder auf seinen Schreibtisch und den darauf liegenden Zettel blickte.

Eine Frau war also auch im Spiel.

Immer diese Frauen.

Immer wieder.

Frauen.

Frauen, ein leidiges und viel zu oft unübersichtliches, verschwiegenes Thema im Leben von Steffen Heller.

Schon immer.

Irgend so ein ganz schlauer Vogel hatte ihm mal die Hand auf die Schulter gelegt und gesagt:

„Steffen, nur wer sich selber lieben kann, kann auch andere lieben."

Er war damals in spontanes Schenkelklopfen im Zusammenspiel mit schallendem Gelächter ausgebrochen, woraufhin diese ohnehin auf dünnem Eis basierende Freundschaft gänzlich im eiskalten Wasser der Bedeutungslosigkeit ersoffen war.

Nicht weiter schlimm, denn der Mann, der ihm damals diesen Ratschlag gegeben hatte, saß momentan zum wiederholten Male in der Klapse, und das bestimmt nicht als Therapeut.

Es gab schon komische Vögel in Steffen Hellers Vergangenheit, die aber alle auf ihre Art einen Fußabdruck hinterlassen hatten und er hütete sich, irgendetwas zu tun, um sie unkenntlich zu machen, denn auch sie hatten ihn geprägt und seinen Lebensweg gestaltet, waren also Teil seines Lebens, gehörten zu ihm.

Bei dem Wort Vergangenheit und den damit verbundenen Erinnerungen hatte er das Gefühl, dass es Zeit war, wieder einmal bei seinem Vater vorbeizuschauen, und während er noch überlegte, wie er denn ein Gespräch mit seinem alten Herren beginnen sollte, ohne ihm sofort auf die Nerven zu gehen, betrat Sabine vorsichtig und in ihrer Art einnehmend und lächelnd das Büro.

„Guten Tag, Herr Heller Junior, hätten Sie wohl ein Sekündchen Zeit für mich?", presste sie leise aus ihrem Mund, bevor beide in ein unbeschwertes Gelächter ausbrachen.

Während sich Sabine lachend und die Tränen aus dem Auge wischend hinter ihren Schreibtisch setzte, verging Steffen Heller ein wenig schneller das Lachen und er verschränkte in gewohnter Weise seine Arme vor seinem Bauch.

„Wenn das stimmt, was Backbert und Steuerbert erzählt haben, müssen wir nochmal zu dem Petersen fahren und uns nach dieser ominösen Frau erkundigen.

Wenn das so stimmt, wie die beiden gesagt haben, dann ist ja ein Mord aus Eifersucht nicht auszuschließen."

„Wir müssen ohnehin zu ihm. Der Durchsuchungsbefehl für den Kutter ist gekommen."

Heller war wegen der Zeit, die dieser Beschluss gebraucht hatte, sichtlich genervt und fragte, ob diese Dinge hier mit der Flaschenpost erledigt würden und somit auch nur die Chance hätten, bei Flut angespült zu werden.

Diese paar Stunden hätte es ja nun wirklich nicht dauern müssen, fand er.

„Ach, Steffen, nun sei mal nicht so'n dröge Schietbüttel", schmeichelte sie ihm auf Plattdeutsch und er merkte sofort, dass er mit dieser Bemerkung weder weiterkommen noch Sympathien erringen würde.

Also setzte er sich aufrecht in seinen Arbeitsstuhl, schaute mit dem freundlichsten Ausdruck, den er in seinem Gesichtsmuskelerinnerungszentrum finden konnte, zu seiner Kollegin, schlug vorsichtig mit der geballten Faust auf den Tisch und entrüstete sich:

„Das hat jetzt aber auch lange genug gedauert."

Sabine strahlte ihn an und schmunzelte: „Geht doch, Steffen; die Spurensicherung weiß schon Bescheid und ist auf dem Weg und wir fahren jetzt zu Petersen und fragen ihn mal nach dieser gemeinsamen und brüderlich geteilten Liebschaft."

Steffen griff hinter sich und zog sich seine Jacke an, während er aufstand.

„So bist du schon in der Schule aufgestanden. Die Jacke war angezogen, bevor deine Knie ganz durchgedrückt waren", schwelgte sie erinnerungsschwanger.

Heller war die Schulzeit nicht ganz so unterhaltsam in Erinnerung geblieben, wie es gerade von Sabine dargestellt wurde. Sicherlich hatte es gute und sehr gute Tage gegeben, aber wie in wohl jeder Schulzeit eines jeden Menschen waren da eben auch schwarze Tage gewesen, die sich tief in die eigene Biografie eingebrannt hatten. Von denen gab es bei Heller – gerade in der Oberstufenzeit – jede Menge. Zu diesem Zeitpunkt war sein Vater zum ersten Mal an Krebs erkrankt, und er und seine Mutter hatten damals neben Job und Schule einen Weg finden müssen, nicht nur mit der Situation und der Krankheit umzugehen, sondern auch einen neuen Weg, sich aufeinander zuzubewegen. Denn nicht nur sein Vater kapselte sich damals aus Sorge um seine Familie von eben genau dieser ab, auch seine Mutter und er mussten beide eine Lösung für sich finden, und um es gemeinsam zu schaffen, waren sie auch gefordert, als Familie gemeinsam einen und für alle akzeptablen Pfad zu finden.

„Nichts als Erinnerungen", nörgelte Hellers innere Stimme und er ging zur Bürotür, um seiner Chefin, als freundlicher Mitarbeiter, der er ja nun von Haus aus war, diese aufzuhalten, was sie mit einem freundlichen Lächeln und einem „Ich danke dir" quittierte.

Sie fuhren zu dem Fischladen der Petersens und auf dem kurzen Weg dorthin wechselten sie kein Wort.

Heller war tiefer in seine Erinnerungen an seine Schul- und Familienzeit in Husum gerutscht.

Sabine konnte das spüren und wollte ihn nicht noch unnötig belästigen.

Sie parkten direkt vor dem Fischladen und als sie das kleine Geschäft betraten, fanden sie den neuen Chef versunken in einem Stuhl zu hektischem Nichtstun verdammt.

„Moin, Herr Petersen", grüßte Heller, als er den Laden betrat, „wir haben da noch mal ein paar Fragen zu Ihrem Liebesleben und dem Ihres Bruders, wenn Sie sich dann bitte kurz mal die Zeit nehmen würden, bitteschön."

Petersen lief in seinem Sessel langsam und gleichmäßig rot an und seine Gesichtsfarbe glich bald den dunklen Teppichen auf dem Fußboden mehr als den frischen, filetierten Lachssteaks, die in der gläsernen Theke auf Eis lagen. Petersen fühlte sich offensichtlich ertappt, denn es fiel auf, dass er schon beim Luftholen für seinen Antwortsatz zu stottern begann.

„Sie meinen die Geschichte mit Irina, oder?", brachte er in einem leisen Ton hervor.

„Wir wissen nicht, wie sie heißt, Herr Petersen, aber gut, da ich nicht annehme, dass Sie und Ihr Bruder sich ständig Frauen aus Russland geteilt haben", urteilte Heller aus dem Vornamen der Frau und fuhr dann fort, „oder überhaupt irgendwelche Frauen, sprechen wir von Irina", konstatierte Heller und ging einen Schritt weiter an die Fischtheke heran.

Seine Blicke schweiften über die Hilfe suchenden Augen der Heringe, Aale und Makrelen, die vor ihm auf Eis gebettet lagen und ihren starren Blicke scheinbar alle auf ihn gerichtet hatten.

„Irina kommt aus der Ukraine, sie tauchte hier irgendwann in Husum auf und sie und ich haben uns ineinander verliebt. Das Problem, das wir nach kurzer Zeit bekamen, war mein Körpergeruch, also nicht Schweiß oder so was Ekliges, sondern der Fischgeruch, der ja nun mal an einem kleben bleibt, wenn man den ganzen Tag hier im Laden arbeitet. Ja, und dann kam mein gut durchgelüfteter Bruder, immer frisch von der See, immer eine gesunde Bräune und auch ein Stück kerniger als ich. So ein Seemann hat ja nun mal auch was, selbst wenn er nach Fisch riechen sollte. Sie hat sich von mir getrennt und kurz darauf mit meinem Bruder angebandelt. Was konnte ich da schon groß tun? Ihn rauswerfen? Ihm kündigen? Ich sag Ihnen eins, es gibt hier weit und breit keinen besseren Fischer als meinen Bruder.

Der muss nur in den Himmel und aufs Wasser schauen und weiß, wo er die Schwärme findet, und das alles ohne neumodischen Kram. Das ist mein Bruder", fasste Petersen das Leben und Wirken seines Bruders zusammen.

„*War*, Herr Petersen, so *war* Ihr Bruder", verbesserte Heller, während er über die Theke griff und versuchte, einem Fisch die toten Augen zu schließen. Ging aber nicht.

Sabine verdrehte lachend die Augen, legte ihm ihre Hand auf die Schulter und flüsterte ihm ins Ohr, dass Fische keine Augenlider hätten, die sie schließen könnten.

Heller sah sie entgeistert an.

„Weiß ich doch", war seine Antwort, um sich dann sofort wieder an den lachsroten Fischverkäufer zu wenden.

„Wo ist diese Irina denn jetzt, Herr Petersen? Haben Sie da irgendeine Ahnung oder hat sie Ihnen mal eine Postkarte geschrieben?"

„Was sollte sie mir denn schreiben? ‚Mir geht's gut ohne dich und ich hoffe, du hast ein wirksames Duschgel gefunden.'?", kam die flapsige Antwort.

„Das hat schon Wunden hinterlassen, oder?", hakte Sabine jetzt nach, „erst werden Sie abserviert und dann macht die Frau sich auch noch an Ihren Bruder ran, da kann man doch schon mal ausrasten."

Petersen hob langsam den Kopf und drehte sein inzwischen wieder kalkfarbenes Gesicht zu ihr.

„Ich habe meinen Bruder geliebt. Wir konnten doch gar nicht ohne den anderen. Ohne den anderen war jeder von uns nur die Hälfte wert."

„Nun kommen wir mal wieder von der Familien- und Bruderliebe weg", unterbrach Heller, „haben Sie eine Idee, wo Irina sein könnte?"

Petersen fuhr sich mit den Fingern durch die Haare und es machte den Anschein, als würde er wirklich nachdenken und dann erhob sich aus den lockigen Haaren ein Zeigefinger.

„Sie hat mal was erzählt von einem Jobangebot aus Flensburg, aber fragen Sie mich bitte nicht, was genau, nur eines können Sie sich gleich von der Backe schmieren."

„Was denn?", unterbrach Heller mit ungeduldigem Ton in seiner Stimme.

„Na, dass sie im Puff gelandet ist", war die abweisende und sehr in Schutz nehmende Antwort.

Heller und Sabine sahen sich unschuldsbewusst an und gaben unisono zurück, dass sie da nun wirklich nicht dran gedacht hätten.

„Was macht sie denn beruflich?", erkundigte sich Sabine.

„Sie hat irgendwas mit Metallverarbeitung gelernt", versuchte sich Petersen zu erinnern.

„Großartig, irgendwas mit Metallverarbeitung. Dann ruf ich doch gleich mal bei der Flensburger Schiffbau-Gesellschaft an und frag nach, ob die vor Kurzem eine Irina eingestellt haben, die irgendwas mit Metallverarbeitung bei denen auf der Werft macht", postulierte Heller mit leicht strapaziertem Ton.

Petersen sah zu den beiden Beamten und gab kleinlaut zu, dass die Liaison mit der ukrainischen Dame, die irgendwas mit Metallverarbeitung machte, nicht so lange gedauert hatte, wie die beiden es sich scheinbar vorgestellt hatten. Dreimal hatte er sich mit ihr getroffen, bevor der Schatten der Liebe über das junge Glück gefallen war und Irina sich aus olfaktorischen Gründen dem Bruder ihres Werbers zugewandt hatte.

„Und nie die Frage, was die Dame des Herzens denn beruflich machen würde?", wollte Sabine wissen.

„Wenn sie gewollt hätte, dann wäre es ja möglich gewesen, dass sie hier bei uns im Laden mitgearbeitet hätte", kam von

Petersen in einem Ton, der verriet, dass er selbst nicht wirklich überzeugt von dieser Idee gewesen war.

Steffen Heller war wieder kurz vor einem Lachkrampf.

Diese naive und sorglose Gelassenheit, die diesem nordischen Volksstamm anheim war, diese durchweg positive Einstellung zum Leben und die fast gottgleiche Gelassenheit gegenüber drängenden Fragen des Lebens. Einfach unglaublich.

Jeder andere Mensch in anderen Bundesländern wäre schon an die Decke gegangen bei Aussagen wie: „Irgendwas mit Metallverarbeitung", und hier im Norden reichte es einfach für einen ausufernden Plan, für ein gemeinsames Leben.

„Das ist ja mal ein Ding", kam es nachdenklich von Heller, „keine Ahnung davon, was die Frau macht, aber schon mal das Aufgebot bestellen."

„Sie haben doch gar keine Ahnung von meinem Leben", begann der Fischverkäufer wieder in einem weinerlichen Ton, doch bevor er fortfahren konnte, unterbrach ihn Sabine.

„Herr Petersen, die Spurensicherung ist zu dieser Zeit auf dem Kutter Ihres Bruders, dem wahrscheinlichen Tatort, und wird dort alles auseinandernehmen, zusätzlich werden wir die Kollegen in Flensburg kontaktieren und Frau Irina ‚Irgendwasmitmetallverarbeitung' zur Fahndung ausschreiben lassen. Sie werden in der nächsten Zeit Husum bitte nicht verlassen und sobald weitere Informationen vorliegen, halten Sie sich bitte zu unserer Verfügung."

Petersen nickte zustimmend.

„Hast du noch irgendwas, Steffen?", wandte Sabine sich an Heller, der nur den Kopf schüttelte.

„Dann war's das erst mal, Herr Petersen. Bleiben Sie tapfer, wir hören voneinander", sprach sie und drängte ihren Kollegen Richtung Ausgang.

Vor der Tür sah sie Heller in die Augen, dann boxte sie ihn mit ihrer Faust gegen seine Schulter.

„Du kennst doch Flensburg, willst du hinfahren und dich mal mit den Kollegen persönlich unterhalten? Und was für Schritte sollen wir denn jetzt genau einleiten? Hast du da schon irgendeine Idee?"

Sie sah ihn an, doch Heller schien mit seinem Kopf schon in der nördlichsten Stadt an der Grenze zu Dänemark zu sein.

Er nickte nur gedankenverloren und bemerkte in einem fast kindlichen Ton:

„Da muss ich dann vorher kurz mit Vaddern schnacken."

Sabine nickte verständnisvoll, da sie ahnte, was eine Tour nach Flensburg in Heller auslösen würde. Kindheits- und Jugenderinnerungen. Auch sie und er hatten ein Wochenende in der schönen Stadt an der Förde verbracht und zum Glück für ihre langjährige Freundschaft waren sie damals beide zu betrunken gewesen, um in irgendeine körperliche Nähe zu geraten.

„Dann nimmst du jetzt den Wagen hier, Steffen, und ich geh zu Fuß zum Revier zurück, O. K.?"

Heller nickte wortlos und hielt seine Handfläche nach oben und gab somit ein tonloses Zeichen zur Schlüsselübergabe.

Sabine positionierte den Schlüssel in der Mitte der Handfläche, schloss seine Finger und streichelte Heller zum Abschied den Rücken.

„Wenn was ist, ruf mich an", und dann ging sie.

Heller sah ihr eine Weile hinterher, dann drehte er sich um, stieg in den Wagen und fuhr zum Friedhof.

Eine kurze Aussprache mit seinem Vater war jetzt nötig!

Auf dem Friedhof angekommen, nahm Heller wie gewohnt auf der Bank vor dem Grab seines Vaters Platz und schaute über die Blumen, die nicht mehr alle in voller Pracht blühten, sondern zum Teil einen sehr verdorrten und vernachlässigten Eindruck machten.

„Da muss mal wieder jemand in deiner Kemenate aufräumen, Vaddern", grummelte Heller vor sich hin und trank einen Schluck Kaffee, „ich komme auch nur schnell vorbei, um dir zu sagen, dass ich in unsere Männerstadt fahre. Nach Flensburg, an die Förde, da wo wir gemeinsam so viel Zeit verbracht haben. Unsere ‚Männertouren', wie du sie getauft hattest. Ich, der kleine Junge mit seinem heldenhaften Vater, der seinen Sohn für ein Wochenende einpackte, um mit ihm segeln zu gehen. Ich fahre da leider nicht zum Vergnügen hin, sondern muss eine verschwundene Frau finden, aber ich schreibe dir eine Karte, wenn ich dort bin und grüße die Innenstadt von dir und den Hafen. Mach's gut Vaddern, bis bald."

Heller griff sich an die Stirn, deutete einen maritimen Gruß an und verließ dann den Friedhof.

Er stieg in den Wagen und fuhr über die B200 vorbei an Viöl und Wanderup Richtung Flensburg.

Nach einer guten Stunde eroberte er die Stadt an der Förde von der Husumer Straße aus, fuhr am Deutschen Haus vorbei in Richtung Hafenspitze.

Die Straßenführung musste sich in den letzten 20 Jahren erheblich geändert haben, denn statt auf der erwarteten rechten Seite wurde er in einem langen Bogen an dem Zentralen Omnibusbahnhof vorbeigeleitet, der jetzt an seiner linken Seite auftauchte.

Doch es war keine Zeit für Irritationen und er bog wie schon damals nach rechts unter der Eisenbahnbrücke hindurch auf den Hafendamm.

Heller suchte sich einen Parkplatz und wollte sich kurz einen Eindruck vom Hafen machen, bevor er zu den Kollegen fahren würde.

Heller stieg aus und zündete sich zunächst eine Zigarette an, hatte er doch die gesamte Fahrt über nicht geraucht.

Das machte man nicht in fremden Autos und schon gar nicht in dem von Sabine.

Er marschierte gen Wasser und konnte schon von Weitem erkennen, was die Stadt aus dem einst eher vernachlässigten Platz gemacht hatte.

Eine Touristenauffangstation.

Das Erste, was er sah, war das in weiß-rot leuchtende Reklameschild eines vermeintlichen Sylter Gourmet-Fastfood-Restaurants.

Das Restaurant war in einer roten Holzhütte untergebracht, sodass es sich rein äußerlich dann doch in die schlichte Schönheit des Hafens integrieren ließ.

Für seinen Geschmack.

Die St. Jürgen-Kirche thronte auf der östlichen Hafenseite und der grüne Wasserturm gehörte auch noch zum Stadtbild wie in seiner Kindheit und Jugend.

Auf der westlichen Seite ragten die Marienkirche und das Alte Gymnasium in den strahlend blauen Himmel.

„Alles, wie sich das gehört", resümierte Steffen Heller seinen kurzen Stadtrundgang.

Die „Alexandra", der alte Dampfer, lag vertäut an der Kaimauer und dahinter mussten die alten Segler des Museumshafens festgemacht haben.

Das doch eher schlicht wirkende Kompagnietor stand auch noch und schien bereit, seinen Dienst umgehend wieder aufnehmen zu können, damit Flensburg nicht nur als Eintreiber von Strafzahlungen von Verkehrsdelikten dastehen würde.

Das Hafenwasser war spiegelglatt und ein paar Enten waren auf Erkundungspaddeltour durch den hinteren Teil des Hafens unterwegs.

Dieser Hafen hatte schon was und eben nicht nur dauerhaft Wasser, sondern schon immer einen außergewöhnlichen Charme durch die Altstadt, die sich von beiden Seiten hinab bis hinunter kurz vor die Kaimauer erstreckte.

Dieser Blick war schon sehr außergewöhnlich.

Auf der linken Seite, weiter hinten lagen die alten Segelschiffe des Museumshafens und reihten sich in das harmonische Altstadttreiben ein.

Es passte alles zusammen.

Jedenfalls auf dieser Seite.

Auf der rechten Seite waren Neubauten entstanden, scheinbar teure Luxuswohnungen, mit Blick auf die westliche Hafenseite.

Wer brauchte so einen Blick aus einer unbezahlbaren Wohnung, wenn er sich einfach an die Hafenspitze setzen konnte und auf einen Schlag alles im Sichtfeld hatte?

Steuerbetrüger und Luxusheinis, resümierte Heller in seinem Kopf, mit keifenden Blondinen am Arm und kleinen Chihuahuas an der Leine, die die Wege mit mikroskopisch kleinen Hundegranaten übersäten.

Und wieder kam dieses Gefühl von Dankbarkeit für eine gute Erziehung in ihm auf.

Eine Erziehung, die ihm schon als Kind gezeigt und deutlich gemacht hatte, dass Geld zwar wichtig war und in regelmäßigen Abständen auf dem Konto eingehen sollte, aber das Geld bestimmt nicht der Grundpfeiler eines glücklichen Lebens war und nicht die Voraussetzung, dass man abends mit einem zufriedenen Gefühl ins Bett ging.

Er zündete sich eine Zigarette an und schaute noch ein paar Minuten über den Hafen.

Die kleinen Ausflugsdampfer legten von der Schiffbrücke ab und tuckerten langsam durch das glatte Wasser Richtung Förde.

Die Sicht war klar und die Helling, die riesige Werkhalle der Flensburger Schiffbau-Gesellschaft, stand protzend am Ende des Hafens und simulierte einen gesunden, aber seit Jahren kränkelnden Wirtschaftszweig dieser Stadt.

Steffen Heller blickte hier auf einen entscheidenden Teil seiner Kindheit.

Sein Vater hatte ihn öfter am Wochenende in den Wagen gepackt und sie, die beiden Männer, waren gemeinsam nach Flensburg gefahren, um ein Eis am Hafen zu essen, Klamotten zu kaufen oder eben nur am Hafen zu sitzen.

Sie waren nie mit den Ausflugsschiffen unterwegs gewesen, denn ebenso wie Heller litt auch sein Vater an der Seekrankheit.

Hatte er jedenfalls immer behauptet.

Heller selbst hatte das nie überprüft oder nachgefragt, ihn machte es als Kind stolz, etwas mit seinem Vater, seinem Vorbild, gemeinsam zu haben, selbst wenn es nur das Kotzen auf dem Wasser war.

Es kamen langsam zu viele Menschen an die Hafenspitze und Hellers Erinnerungen wurden empfindlich gestört, so entschloss er sich, noch kurz an einen anderen Aussichtspunkt auf die Förde und seiner Kindheit zu fahren.

Nach Meierwik.

Er schlenderte zurück zu seinem Wagen und auf diesem Weg hatte er das Gefühl, sein Vater würde neben ihm gehen und wie damals auf ihn aufpassen, dass er sich eben nicht auf die Nase legte.

Er bog vom Parkplatz wieder auf den Hafendamm und fuhr aus Flensburg raus, Richtung Glücksburg.

Meierwik war nur ein kleiner Abschnitt, praktisch ein Name für eine kleine Bucht.

Ein paar Häuser, eine Bushaltestelle, mehr gab es dort nicht, aber einen fantastischen Blick auf die Förde gab es dort.

Man konnte bis nach Dänemark schauen, die fast unberührte Natur, die sich dort an den Ufern ausbreitete und dazwischen die Förde.

Besetzt mit kleinen und großen Booten, Segelschiffen aller Art, ab und zu ein Kümo, das seine Fracht in den Flensburger Hafen brachte, und eine Ruhe und Achtsamkeit auf sich selbst und die Dinge, mit denen und von denen man hier lebte.

„Bayern sollten viel öfter in den Norden reisen, wenn sie nur diese Sprache hier sprechen und verstehen könnten", hatte sein Vater öfter gesagt und immer zu lachen begonnen.

Am Ortseingangsschild von Meierwik parkte er das Auto auf dem Seitenstreifen und ging die letzten Schritte zu Fuß.

Ein kleine Treppe führte hinunter an den schmalen Strandabschnitt – und tatsächlich:

Es hatte sich wenig verändert.

Es existierten zwar ein paar Häuser mehr auf der gegenüberliegenden Straßenseite, doch alles in allem war der Wachstum dieses kleinen Ortes sehr überschaubar und das machte diesen Ort eben auch zu etwas sehr Besonderem.

Heller nahm auf einem alten Baumstamm Platz, der am Strand lag, der hier vielleicht vor Jahren irgendwann einmal angeschwemmt worden war.

Kein Wind, kein Lüftchen, absolute Flaute und nur kleine Wellen, die sich am Strand brachen und ein kaum hörbares Geräusch machten.

Auf dem Wasser schoben sich träge Schiffe aller Arten und sportlichen Ausrichtungen hin und her.

Die Ruderboote waren an diesem Tag diejenigen, die das höchste Tempo vorlegten.

Alles strahlte eine erholsame und beruhigende, fast einlullende Stille aus.

Die dänischen Ochseninseln, „zwei bewohnte Sandhaufen", auch eine Beschreibung seines Vaters, lagen in der mittäglichen Sonne und strahlten so etwas wie einen beschützenden Gleichmut aus.

Sein Vater hatte immer gesagt: „Wenn man von oben auf die Förde schaut, sind die Ochseninseln die Augen dieses Gewässers, die darauf achten, dass niemandem hier, egal, ob auf der dänischen oder deutschen Seite, etwas passiert."

Als Kind hatte Heller das als sehr tröstliche Vorstellung empfunden.

Und während er da so saß und auf die Förde und seine eigene Vergangenheit schaute, gesellte sich ganz unbemerkt ein Mann zu ihm und nahm neben ihm auf dem Baumstamm Platz.

Weißes volles Haar, das die zusammengekniffenen Augen mit einem gut geschnittenen Pony umrahmte und ein voller, breiter und ebenfalls weißer Schnauzer über seinem Mund.

Ein Vorzeigenorddeutscher hätte man meinen können.

Heller nickte dem Mann zu, der freundlich zurücklächelte.

Gerade als Steffen etwas sagen wollte, er wusste nicht genau was, aber irgendetwas wäre ihm schon eingefallen, sagte der Weißkopf neben ihm:

„Einmalig, oder?"

Heller nickte und traute sich nicht, auf diese exakte Beschreibung dieses Fleckchens zu antworten.

Diese kurze Aussage versammelte alle Adjektive und verbalen Beschreibungen, die man hätte suchen können, um diese Vielfalt in einem Sammelsurium aus viel zu vielen Wörtern zu beschreiben.

„Einmalig" passte genau.

Die beiden Männer saßen schweigend und fast vertraut wie alte Freunde nebeneinander und ließen ihre Blicke schweifen.

Heller traute sich nicht, eine Zigarette aus seiner Tasche zu nehmen und hier achtlos auf den Strand zu aschen, geschweige denn seine Kippe irgendwo auszutreten, doch dann nach einer Weile zog sein unbekannter Mitsitzer eine Packung Zigaretten und ein silbernes Sturmfeuerzeug aus der Innentasche seiner Lederjacke und dann positionierte er einen kleinen, runden Aschenbecher auf seinem Knie, der mit einem fein verzierten Deckel verschließbar war.

„Jeden Tag nur eine", murmelte er mit tiefer Stimme vor sich hin und bot Heller eine Camel ohne Filter an.

Heller bedankte sich, meinte, dass sie ihm zu stark seien, und zog eine seiner eigenen Zigaretten aus der Packung in seiner Tasche.

So saßen die beiden rauchenden Männer am Strand, sahen auf das Wasser und schauten ab und zu dem Zigarettenrauch hinterher, den sie ausbliesen.

„Zu Besuch hier?", fragte der Alte.

„Beruflich", antwortete Haller, „ich muss auch gleich wieder los".

Ein kurzes Schweigen setzte ein, bevor die Antwort unter dem Schnauzbart hervorkam.

„Ach, die Feuerwehr löscht auch noch morgen."

Heller durchzuckte es.

Genau diesen Satz hatte sein Vater immer gesagt, wenn irgendjemand in operativer Hektik irgendetwas von ihm verlangt hatte.

Wortwörtlich.

Diese unbeschreibliche Gelassenheit, die Ruhe, etwas zu sortieren, bevor man einen Fehler machte.

Eine Eigenschaft, die seinen Vater immer ausgezeichnet und die er als Sohn immer versucht hatte zu kopieren.

Es war ihm nur ansatzweise gelungen.

Manchmal. Und manchmal eben auch nicht.

Viel zu oft nicht.

„Das hat mein Vater auch immer gesagt", war Hellers leise und im Ton erstaunte Antwort.

Der Schnauzbart nickte, während er den Zigarettenqualm in das Sonnenlicht blies.

„Kluger Mann, dein Vater, verdammt kluger Mann", kam es nachdenklich und leise zwischen Barthaaren und Zigarettenqualm zurück.

Das hatte Heller auch immer so gesehen und mit zunehmendem Alter stellte er fest, wie oft sein alter Herr recht gehabt hatte.

Nicht nur mit seinen Kurzzeitanalysen über die schulischen Leistungen seines Sohnes, sondern auch mit politischen Voraussagen oder den Beschreibungen über den Zustand der Umwelt in der Zukunft, wenn die Menschen ihr Verhalten nicht endlich ändern würden.

Das lag jetzt gut vierzig Jahre zurück und die Voraussagen waren eingetroffen – und zum Teil noch schlimmer als in den Beschreibungen seines Vaters.

Der alte Schnauzbart setzte erneut an:

„Egal, wo ich auf dieser Welt gewesen bin, ich war immer glücklich, genau hierher nach Hause zu kommen. An dieses kleine Fleckchen Erde."

Er drückte den Rest seiner Zigarette in die kleine Öffnung seines Reiseaschenbechers und reichte ihn Heller.

„Als Tourist muss man sich hier doch auch zu Hause fühlen oder etwa nicht?"

Heller sah den älteren Herren an und konnte ein verschmitztes Lächeln in den braunen Augen sehen.

„Ich bin Husumer und habe hier in Flensburg, Meierwik und Glücksburg einen Großteil meiner Kindheit verbracht", war die fast rechtfertigend wirkende Antwort.

„Husum, das ist schön dort" war die schnelle Antwort und der Mann blickte in den Himmel und schien sich an irgendetwas zu erinnern, doch eine weitere Auskunft über die Ostsee, Husum oder das Wattenmeer kam nicht mehr über die Lippen des weißen Schnauzbarts.

Heller hielt den kleinen Aschenbecher vorsichtig zwischen seinen Fingern, während er seine Zigarette darin ausdrückte. Die Hitze der Glut war durch den Boden des silbernen Behälters und durch die Jeans, die er trug, auf seiner Haut zu spüren und so hob er ihn ein kleines Stück empor, schloss ihn und reichte ihn an seinen Sitznachbarn zurück, der ihn mit einem Nicken in seiner Tasche verschwinden ließ; und in diesem Moment sahen sich die beiden Männer zum ersten Mal in die Augen und beide lächelten ihr Gegenüber an.

Heller hätte es beinahe übermannt und aus einem romantisierenden Gefühl heraus wollte er den fremden Mann am liebsten umarmen und ihm danken, doch das wäre ja nun wirklich zu viel des Guten gewesen, was er an diesem Tag schon erfahren hatte.

Der Schnauzbart erhob sich, lächelte immer noch und meinte zum Abschied:

„Pass auf dich und das hier auf." Dann stapfte er durch den Sand zu einem kleinen Weg hinauf zur Straße, überquerte sie und verschwand in einem Haus auf der gegenüberliegenden Seite.

Ja, hier zu wohnen konnte man getrost als Auszeichnung empfinden.

In einem Haus mit Blick auf die Förde, auf die Freiheit, die man sich jeden Tag zusammen mit der Natur teilen konnte.

Heller stand durch und durch zufrieden auf und ging in Richtung Auto und zu keinem anderen Zeitpunkt hätte sein Handy passender klingeln können als jetzt.

Sabine war am anderen Ende und fragte sehr leise und vorsichtig, wie es ihm gehen würde.

Heller lehnte sich mit dem Rücken an den Wagen, schaute noch einmal über die Förde und sagte ebenso leise und vorsichtig: „Verdammt gut, Sabine."

„Du brauchst nicht mehr zu den Kollegen zu fahren, Steffen. Irina ist bei einem Ladendiebstahl erwischt worden und sitzt bei den Kollegen auf der Wache. Nach Abschluss der Untersuchungen wird sie zu uns gebracht, also nimm dir die Zeit, die du noch brauchst und komm dann zurück."

Die Nachrichten hätten nicht besser sein können und Steffen bedankte sich für die Info und die Freizügigkeit seiner Chefin, die das nur mit einem „Schon gut, mein Lieber" in ihrer eigenen Art abhakte.

Heller ging um den Wagen herum, warf einen letzten Blick auf die freie Natur und setzte sich in sein Auto.

Wäre ja zu schön, um wahr zu sein, dieses Auto als seins bezeichnen zu können.

Aber was wollte er sich denn beschweren?

Er lebte in dem Bundesland zwischen den Meeren mit weitreichender, freier Natur, die, egal, ob es regnete, stürmte, schneite oder doch mal die Sonne schien, immer ihre ganze Faszination jedem, der sich nur ein bisschen Zeit nahm, genauer hinzuschauen, offenbarte.

Er fuhr zurück Richtung Flensburg und auf der B199 entschloss er sich, den Heimweg nach Husum sofort anzutreten.

Dort warteten Arbeit, Freunde und Familie und noch viel mehr.

Als er über die B200 zurück nach Husum fuhr, hörte er die beruhigende Stimme seines Vaters in seinem Kopf und begann sich fast wie ein kleiner Junge auf sein Zuhause zu freuen.

Seine Entscheidung, den Wagen erst an der Polizeiwache abzustellen und dann nach Hause zu gehen, warf er über den Haufen.

Als guter Sohn und Hüter der moralischen Grundwerte musste er erst bei seiner Mutter vorbeischauen.

Er hätte auch einfach Muttersöhnchen zu sich sagen können, aber das mit der Moral hörte sich einfach besser an.

Als er auf dem Parkplatz vor dem Haus seiner Kindheit parken wollte, standen dort ein wunderschöner alter VW-Bulli und ein Wagen einer Malerfirma.

An dem Transporter der Malerfirma konnte er ja einfach so vorbeigehen, doch der Bulli verlangte ihm eine gehörige Portion Ehrfurcht ab.

Ein T1 mit geteilter Frontscheibe und kleinen Dachfenstern, die sich in der Dachwölbung an die darunterliegenden Seitenfenster anschlossen.

Die Chromapplikationen waren blank poliert, der VW-Bus stand da und blitzte in den Sonne.

Ein Traumwagen.

Sein Traumwagen.

Er musste seine traumhafte Komfortzone verlassen, seinen Kopf schütteln und bei seiner Mutter klingeln.

Ein Mann in weißen Latzhosen öffnete, begrüßte ihn mit einem freundlichen „Moin" und schob sich an ihm vorbei in Richtung Malermeisterauto.

Seine Mutter erschien in der geöffneten Tür und schaute ihn lächelnd an.

„Wie schön, dass du vorbeikommst. Wolltest du auch noch mal ‚Tschüss' zum Haus sagen?", fragte sie ihn.

Er verstand nicht auf Anhieb, was sie damit meinte, doch dass ihre Pläne zum Umzug gereift waren, hatte er in den letzten Gesprächen mit ihr registriert, aber doch als nicht so schnell und dringlich zur Seite geschoben.

Aber in dem Kopf seiner Mutter, und das hätte er als ihr Sohn besser wissen sollen, waren solche Pläne nicht einfach nur fixe Ideen oder Floskeln, die an einem Tag gesagt und am nächsten vergessen waren. „Ich bin doch keine Politikerin", hatte sie immer gesagt, wenn Steffen, aber auch sein Vater Pläne und Vorhaben seiner Mutter nicht richtig registriert hatten.

Manche Dinge schienen sich einfach nie zu ändern.

Seine Mutter konnte offensichtlich seine Gedanken hören, denn sie streichelte ihrem Sohn die Schulter, zog ihn an sich und flüsterte ihm ins Ohr:

„Da habt ihr Männer noch echten Nachholbedarf, ein bisschen öfter auf das zu achten, was wir Frauen so sagen." Dann lachte sie und schob ihn vorbei an Leitern, Farbtöpfen und anderem Malerwerkzeug durch den Flur ins Wohnzimmer.

Die Abendsonne schien jetzt durch die großen Westterrassenfenster und ein jüngerer Mann in Jeans und T-Shirt wartete in dem schönen Sessel, der in Richtung Sonne gedreht war.

Frau Heller stellte die Männer einander vor.

Der junge Mann mit Namen Thorsten Schwelger war der neue Besitzer des Hauses und, was für Heller noch viel wichtiger war, auch der Besitzer des Bullis vor der Tür.

Sie setzten sich gemeinsam an den Tisch auf der Veranda in die Sonne und Thorsten erzählte von seiner Familie, wie sehr er sich freute, wieder in Husum zu sein und dass er genau an der Schule, an der Hellers Mutter jahrelang als Lehrerin gearbeitet hatte, jetzt den Posten des Rektors übernehmen würde.

„Ist ja eine rührende Geschichte", dachte Heller, „aber wo hat der Typ sein Auto her?"

Er hörte dem Gespräch weiter zu, warf ab und zu etwas ein und wartete förmlich auf die Gelegenheit, diese eine wichtige Frage einzuwerfen, doch sie schien nicht zu kommen.

Und während er eine Antwort schon abgeschrieben hatte und zuhören musste, wie Mutter und Vater sich hatten scheiden lassen und Thorsten dann seine Zeit immer öfter alleine verbringen musste … blablabla.

Die Worte um ihn herum wurden immer leiser, Heller schweifte in seinem Kopf zu einem Bier am Strand und schaute aufs Meer, jedenfalls in die Richtung, in der es lag und just in diesem Moment kam die akustische Erlösung, das Signal für Heller, in einen bewussten Wachzustand zurückzukehren.

Thorsten hatte den Wagen geerbt, von seinem Vater.

Die Geschichte hätte jetzt ruhig ein wenig abenteuerlicher sein können, aber nicht jeder konnte über so eine Kindheit und Jugend verfügen wie er.

Wie Steffen Heller.

Sohn des Ehepaars Heller, geborener Norddeutscher und ein indigener Einwohner dieser wundschönen bunten Stadt am Wattenmeer.

Es war Zeit, sich zu verabschieden.

Heller schüttelte Thorsten Schwelger die Hand und beglückwünschte ihn zum Kauf dieses Hauses, er drückte seine Mutter und versprach ihr, sie am nächsten Tag anzurufen.
Er ging zur Haustür und draußen erneut mit gebührender Ehrfurcht an dem Bulli vorbei.
Dann setzte er sich in den Dienstwagen und fuhr über die Brüggemannstraße durch die kleine Innenstadt zur Polizeiwache.
Er zog sein Handy aus der Tasche und wählte die Nummer von Nils-Henning, der sich nach schier endlosem Klingeln meldete.
Die beiden Männer verabredeten sich auf ein kaltes Getränk im Bugspriet.
Heller musste jetzt noch mit jemandem reden, der ein wenig außerhalb seines Inneren stand, denn Gefühle und private Dinge hatten ihn den Tag über schon genug beschäftigt, außerdem war Nils ein sehr angenehmer Gesprächspartner, der nicht zu viel redete.
Es versprach, ein schöner Abend zu werden.
Heller schrieb noch eine kurze Nachricht an Sabine, dass der Wagen unbeschadet wieder an Ort und Stelle stehen würde, um sich dann mit schnellen Schritten dem Feierabendbier zu widmen.

Im Bugspriet angekommen, nahm er im Wintergarten an einem Tisch an der Hauswand
Platz, legte seinen Kopf zurück und ließ die Selbstzufriedenheit durch seinen Körper rauschen.
Es war ja auch noch kein Bier da.
Bier und Nils-Henning kamen zum gleichen Zeitpunkt, denn sein alter Freund brachte die Getränke direkt von der Theke mit an den Tisch.

Nils-Henning sah gestresst aus, hatte eine unruhige Ausstrahlung.

Etwas, was gar nicht zu diesem Mann passte.

„Was ist los, Nils-Henning, du siehst irgendwie …", Heller wurde von Nils-Hennings verzweifelter Stimme unterbrochen.

„Unausgeschlafen, gestresst, nervös?", fügte er dem Satz von Heller nachfragend an.

„Ja, genau", versuchte Heller seinen Satz weiterzuführen, „was ist los?"

„Was los ist?", flüsterte Nils-Henning in einem fast hysterischen Ton.

„Steffen, ich habe eine Leiche gefunden, sie berührt, ich kannte den Mann, und du fragst mich, was los ist?", war Nils-Hennings fast hilflos wirkende Klarstellung.

Heller konnte den Mann verstehen.

Die Welt im Watt war eine perfekte, nicht nur zeitlich wegen Ebbe und Flut aufeinander abgestimmte Welt. Wenn man vom Klimawandel absah, war sie heil und abwechslungsreich.

Gefüllt mit Mythen, Sagen, Geschichten und Gedichten. Oft beschrieben, oft gemalt und fotografiert, aber, dass man in der grauen Schlickwüste wirklich auf eine Leiche treffen konnte, diese Chance war doch eher gering. Tote Fische und Krabben natürlich, aber einen Menschen verbuddelt im Watt, diese Möglichkeit schätzte Heller doch eher als sehr gering ein.

Er hatte die ganze Zeit auf sein Bier gestarrt und wollte gerade mit seinem Freund anstoßen, als der schon den letzten Zug aus seinem Glas nahm und sofort das nächste Getränk orderte.

Das kam so auch nicht oft vor, dass Nils ein Bier auf ex trank, aber es gab eben Anlässe und Situationen, in denen es schlicht und ergreifend einfach mal sein musste.

Heller riss sich zusammen und wartete, bis sein männlicher Begleiter ein neues Getränk vor sich hatte, um dann mit ihm anzustoßen.

Jetzt konnte der Abend beginnen.

So schweigend, wie Steffen Heller es sich gewünscht hatte, wurde die Zeit mit Nils-Henning dann nicht.

Er erzählte von seiner schlaflosen Nacht, von Ängsten, die ihn plagten und einer in ihm aufkommenden Wattphobie. Er dachte darüber nach, die Wattwanderungen aufzugeben und etwas gänzlich anderes zu tun, vielleicht irgendetwas Soziales oder so.

Heller musste sich sein Lachen verkneifen, denn so ungelenk, wie Nils-Henning manchmal mit Menschen umging, konnte er sich das kaum vorstellen. Bei taubstummen Menschen, das würde gehen, aber eine derartige Einrichtung, die eben genau für Menschen mit derartigen Beeinträchtigungen Wattwanderungen anbot, gab es seines Wissens nicht in der Nähe.

Natürlich gab es das Theodor-Schäfer-Bildungswerk, aber über deren genaues Programm hatte er sich noch nie genauer informiert.

„Sollte er besser tun", dachte er bei sich, „bevor man mit einer derartigen Idee startet, und vielleicht würde sich durch eine Zusammenarbeit ja auch ganz andere, neue und auch mehr Möglichkeiten bieten."

Er blickte erst zum Bier seines Freundes und dann in dessen Gesicht und konnte die Resignation und den Schwermut in den Augen seines langjährigen Freundes lesen.

„Nun mach doch mal langsam, Nils-Henning", versuchte er zu beschwichtigen, „schau doch erst mal, wie sich alles entwickelt. Mach eine Pause und finde dich in Ruhe selbst. Du bist doch gerade allein zu Hause, dann mach dir deine Lieblingsmusik an, lauf den ganzen Tag nackt durch die Bude.

Tanz zu Helene Fischer, mach Dinge, die du sonst nicht tust und lass dich gehen, dann findest du auch zu dir zurück."
Heller musste schlucken.
Wo kam denn dieser Spruch her?
Also anhören tat er sich auf jeden Fall gut, aber ob er auch wirken würde?
Nils-Henning sah seinen Freund an.
Mit leicht geöffnetem Mund saß er da und schien nicht zu begreifen, was Heller gerade gesagt hatte.
Die tatsächliche Sachlage war aber eine komplett andere.
Natürlich hatte er gehört und verstanden, was Heller da gesagt hatte. Was den einsamen Wattwanderer aber erstaunte, war, dass ein derartiger Spruch, also ein Satz gefüllt mit solcher Tiefe und Weitsicht, ausgerechnet von Steffen Heller kam, der nicht gerade für seinen Tiefsinn bekannt war. Jedenfalls nicht in Husum. Aber jeder Mensch konnte sich ändern und Nils-Henning war in diesem Moment froh, einen Freund wie Steffen Heller zu haben, der sich offensichtlich in den letzten Jahren nicht nur alterstechnisch weiterentwickelt hatte.
„Du hast recht, Steffen", antwortete Nils-Henning nickend, „Prost, mein Freund."
Die beiden Männer tauschten kurz einen freundlichen Blick aus, stießen an, um dann schweigend und mit ganzem Genuss Abendsonne und Bier zu genießen.

Die Zeit verging.
Die Flut kam unbemerkt und langsam zurück und mit auflaufendem Wasser und steigendem Meeresspiegel stieg auch der Alkoholpegel im Blut der beiden Freunde.
Der Ruf „Letzte Runde" war an diesem Abend ein No-Go für die beiden Männer, doch sie fügten sich der Bitte des Wirtes und bestellten ihre letzte Runde.

Als sie sich voneinander verabschiedeten, wollte Nils-Henning Steffen zum Abschied die Hand reichen.

„Spinnst du jetzt total?", nuschelte Heller, sichtlich vom Alkohol beseelt.

„Sachen anders machen, Steffen, Sachen anders machen", versuchte Nils-Henning in einem halbwegs verständlichen Ton durch seine Zähne zu drücken, die er krampfhaft aufeinander presste.

Heller nickte und reichte seinem Freund die Hand.

„Ein guter Anfang, mein Lieber, ein richtig guter Anfang. Weitermachen."

Sie drehten sich wie Duellanten Rücken an Rücken und schritten jeder in die Richtung, von der sie ausgingen, dass dort ihre Wohnung zu finden war.

Nils-Henning hatte wie immer seinen Kompass dabei und würde sein Ziel nicht verfehlen, Heller hingegen hatte nur die Beschilderung der Straßen, die um diese Tageszeit und bei der mickrigen Beleuchtung ohnehin nicht mehr gut zu erkennen war.

Sein Zustand tat das Übrige dazu.

Auf seinem Weg durch die Ludwig-Nissen-Straße wäre er an einem kleinen und unübersichtlichen Hauseingang beinahe über ein paar Füße gestolpert, die aus dem Eingang auf den Gehweg ragten.

„Hey, was soll das denn?", beschwerte sich Heller und drehte sich um.

Da lag ein junger Mann vor der Tür und wimmerte leise vor sich hin.

Heller hatte seine Dosis Empathie für heute verbraucht und so drängte er in schärferem Ton und mit dem Hinweis, dass er Polizeibeamter sei, auf eine Antwort.

Das Häufchen Elend drehte sich langsam und zum Schutz mit den Händen vor seinem Gesicht auf den Rücken und Heller wurde schlagartig nüchtern.

„Was ist denn los, mein Junge", fragte er beruhigend, „brauchst du Hilfe?"

Der Angesprochene nahm seine Deckung nach unten und Heller erkannte, wen er da gefunden hatte. Es war der kleine verwirrte Möchtegernherrenmensch, der sich nach dem Ursprung des Namens der Poggenburgstraße erkundigt hatte.

Heller hockte sich neben ihn, auch wenn es ihm zuwider war, einem Nazi helfen zu müssen, doch wie immer er es auch drehte, es war seine Aufgabe, jedem Menschen, unabhängig von allem, was ihn ausmachte, zu helfen.

Der Junge war scheinbar richtig in die Mangel genommen worden. Seine Augen waren geschwollen, er blutete aus der Nase und offensichtlich fehlte ihm ein Schneidezahn.

Heller überlegte nicht lange und rief den Notarzt.

Er blieb so lange bei seinem nächtlichen Fund, bis der Wagen kam, um den jungen Mann abzuholen, und er informierte den Notarzt darüber, dass die Kollegen vom Revier so schnell es ging vorbeischauen würden.

Der Arzt sah Heller an und grinste mit strahlend weißen Zähnen im Mund:

„Dann komm du mal gut nach Hause, Steffen."

Heller wunderte sich, dass der Mediziner ihn kannte, aber wieso und woher, war jetzt nicht entscheidend.

Zuhause und Bett, das war das Ziel.

Heller ließ in seinem dunklen Flur noch im Gehen alle Kleidungsstücke, soweit er es überprüfen konnte, von sich fallen, warf sich mit einem Schwung auf sein Bett und schlief ein.

Als Heller am nächsten Morgen im Büro saß, bewaffnet mit
Aspirin und die geschwollenen Augen versteckt hinter einer
Blues-Brothers-Sonnenbrille, und er gerade den ersten Schluck
von der aufgelösten Tablette nehmen wollte, klopfte es an der
Tür und zwei freundliche Kollegen aus Flensburg überstellten
die gesuchte Irina.

„Moin denn", grüßten sie und es hallte in Hellers Gehörgängen
wie das Läuten großer Kirchenglocken, „wir haben was für
euch."

Der scheinbar jüngere der beiden Beamten legte Heller ein
Papier auf den Tisch, das er unterschreiben sollte.

Heller kramte einen Kugelschreiber aus seiner Schublade und
unterzeichnete den „Wisch", wie er alle Formulare zu
bezeichnen pflegte.

Die junge Frau, die da jetzt relativ fragend in der Mitte ihres
Büros stand, sah ihn mit Augen an, die vor Feuer und Abscheu
über das brannten, was hier mit ihr passierte.

Sie schaute Heller an und er hatte für eine Sekunde den
Eindruck, als würde ihr Blick die dunklen Gläser durchbrechen.

„Setzen Sie sich doch", sagte er und deutete auf den Stuhl vor
seinem Schreibtisch.

Offensichtlich widerwillig nahm sie auf dem Stuhl Platz und
fixierte weiter konzentriert Hellers Augen.

„Dann wollen wir doch mal", begann er, „Sie heißen nicht Irina,
sondern wie?"

Sie verdrehte die Augen und schaute an die Decke.

„Hören Sie", begann er in einem strengeren Ton, „ich hatte eine
sehr kurze und bescheidene Nacht und mir ist nach allem
anderen als einem Ratespiel. Die Kollegen aus Flensburg haben
Sie hierhergebracht, weil Sie im Verdacht stehen, an einem
Mord beteiligt zu sein. Das Eis, auf dem Sie sich gerade
bewegen, ist verdammt dünn; und entweder Sie sprechen sofort

mit mir oder Sie kommen erst einmal in eine Zelle, und wenn es mir dann wieder besser geht, dann frag ich mal nach dem Schlüssel zu Ihrer Tür und überlege mir, ob ich mit Ihnen reden soll. Also nochmal, wie ist Ihr Name?"

Sabine saß mit offenem Mund hinter ihrem Schreibtisch. So hatte sie Steffen noch nie erlebt und ihn auch nicht so eingeschätzt, aber cool war sein Auftreten schon.

Die Unbekannte vor Hellers Schreibtisch weitete ihre Augen und ein „Mord?" kam fragend und fast schreiend aus ihrem Mund.

Heller schaute auf das Blatt, das er vor sich hingelegt hatte und nickte stumm.

Dann hob er seinen Kopf, sah die Frau an und zog seine Sonnenbrille bis zur Nasenspitze nach unten.

„Ja, meine Teuerste, Sie werden mit einem Mord in Verbindung gebracht."

Sie biss sich auf ihre volle rote Unterlippe und schüttelte ihren Kopf, sodass die blonden Haare durch die Luft geschleudert wurden.

„Nein, ich doch nicht. Wen sollte ich denn töten und warum?", wandte sie sich an Heller.

„Das, meine Teuerste, gilt es herauszufinden, genau das. Aber fangen wir doch noch einmal am Anfang an und klären erst einmal Ihre kompletten persönlichen Daten, dann können wir auch ans Eingemachte gehen. Also, Ihr Name, bitte?"

„Ist in meinem Ausweis."

„Dann geben Sie ihn mir bitte."

„Herr Wachtmeister", kam es mit einem fast betörendem Ton aus dem Mund der Blondine, „ich trage immer noch Handschellen, ich komme nicht an meine Tasche."

Heller sah zu Sabine, die grinsend den Schlüssel zwischen ihren Fingern hielt.

„Nicht werfen, bitte nicht werfen", sagte Heller, stand langsam auf und ging vorsichtig von seinem zu Sabines Schreibtisch, und auch wenn der Abstand nur ein paar Schritte betrug, so war doch jede einzelne Bewegung und jede Berührung mit dem Untergrund mit größter Vorsicht zu genießen.

Sabine lachte ihn an und reichte ihm eines ihrer starken Pfefferminzbonbons und deutete auf seinen Mund.

Hellers Antwort war lediglich ein Hochziehen seiner linken Lippenhälfte, aber er tat, wie ihm empfohlen wurde.

Mit Schlüssel in der Hand und Pfefferminz im Mund drehte er sich um, beugte sich langsam vor, das Blut schoss in seinen Kopf und verursachte irritierende Geräusche und leichte Schwindelgefühle, doch mit einer langsamen Bewegung und dem Schlüssel öffnete er die Handschellen der jungen Frau und setzte sich wieder auf seinen Stuhl.

Die Dame vor Hellers Schreibtisch begann sich ihre Handgelenke zu massieren, um dann in die Innentasche ihrer Jeansjacke zu greifen, ein Portemonnaie herauszuziehen, um anschließend ihren Ausweis langsam über die breite Tischplatte vor ihn und unter seine Augen zu schieben.

„Sie heißen ja doch Irina", stellte er verwundert fest.

„Ich habe nie etwas anderes behauptet", konterte sie.

Heller fuhr fort: „Und warum dann der falsche Name in Flensburg?"

Sie blickte sich fast Hilfe suchend um und beugte sich dann zu Heller über den Schreibtisch.

„Der eine Bruder wollte mich am liebsten in einen Käfig sperren und der andere hat mich befreit. Er hat mir einen Job und einen anderen Namen in Flensburg besorgt. Es lief auch alles gut, bis ich verdächtigt worden bin, einen Ladendiebstahl begangen zu haben", flüsterte sie, als wenn niemand es hören durfte.

„Bei allem Respekt, junge Frau", begann Heller, während er die nächste Tablette in seinem Wasserglas auflöste, „nur weil Sie sich von einem Mann trennen, da müssen Sie nicht sofort in den Untergrund mit falscher Identität und einer neuen Adresse. Da reicht nach meinen Erfahrungen ein klärendes Gespräch." Die Tablette verursachte ein ruhiges Zischen und jetzt tauchten die Reste der Tablette an die Oberfläche, um sich dort aufzulösen.

Sie beugte sich weiter über den Schreibtisch. „Das kommt immer auf den Mann an, Herr Kommissar", flüsterte sie Steffen Heller ins Ohr, bevor sie sich wieder zurückzog und auf ihrem Stuhl Platz nahm.

„Sie sprechen von Enno Petersen?", fragte Sabine quer durch den Raum.

„Genau von dem", war Irinas kurze Antwort.

Sabine konnte es nicht glauben, dass dieser nach außen hin doch sehr ruhige und überlegte Mann irgendeinen Menschen, geschweige denn eine Frau in die Enge treiben würde, bis sie den Entschluss fasste, vor ihm zu fliehen und sich einen anderen Namen zuzulegen.

Irina drehte sich auf dem Bürostuhl in die Richtung von Sabines Schreibtisch.

„Wie oft haben Sie Enno gesehen, Frau Kommissarin? Wie haben Sie ihn erlebt? Ruhig, überlegt, zurückhaltend und ein bisschen charmant?", sie machte eine kurze Pause, nickte sehr langsam und holte dann Luft, um fortzufahren, „So habe ich ihn kennengelernt. Den kleinen, zurückhaltenden Fischer aus Husum und in den habe ich mich verliebt, doch Menschen zeigen ihre wahren Gefühle und Verhaltensweisen, wenn sie unter Druck geraten. Enno ist eifersüchtig und ein

Kontrollfreak. Er hat mich überwacht und irgendwann durfte ich nicht mehr alleine aus dem Haus. Als er einmal zwei Tage fort war, hat er mich in einen kleinen Raum im Keller eingesperrt, damit ich nicht rausgehe. Fipe hat mich da rausgeholt, mir einen Job in Flensburg besorgt und die Idee mit dem Namen war meine eigene. Ich wollte nicht weg aus Schleswig-Holstein, dem echten Norden, den Menschen und der Natur. Es ist so wunderschön hier, so einzigartig."

Sie verdrehte verträumt ihre Augen und schien sich an wirklich gute Tage und schöne Augenblicke zu erinnern, außerdem konnte Heller Irinas Begeisterung für den Norden und speziell für Flensburg sehr gut teilen.

Bevor er aber wieder gänzlich in seinen Küstentagträumereien versank, wandte er sich wieder an Irina:

„Fipe hat Sie also rausgelassen. Und dann?"

„Ich habe mich zwei Tage in einer kleinen Fischerhütte am Strand von Dagebüll versteckt, bevor Fipe mit dem Angebot aus Flensburg kam. Ich war mir ein wenig unsicher, ob ich es nicht doch noch einmal mit Enno versuchen sollte und daraufhin haben Fipe und ich uns sehr gestritten. Es war das letzte Mal, dass ich ihn gesehen habe."

Ihre Stimme wurde jetzt etwas zittriger und man konnte fast den Eindruck gewinnen, als würde sie sich schuldig an dem Tod von Fipe fühlen.

Sabine griff zum Telefon und bat darum, dass eine Streife beim Fischladen Petersen vorbeifahren und Enno Petersen zum Verhör vorbeibringen sollte.

Irina, die das mitgehört hatte, blickte flehend in Richtung Steffen, der das sofort verstand und sie beruhigte:

„Er wird Sie nicht sehen, wir verhören ihn vorne in einem anderen Raum, aber wenn Sie möchten, können Sie sich das gerne von der anderen Seite aus anhören, was er so erzählt."

Irina schien etwas beruhigter zu sein und Heller trank endlich ungestört eine weitere Aspirin.

Selbst wenn er nah an einer Überdosis war, so hatte er doch das Gefühl, dass diese Medikation am heutigen Tag nötig war, um einen klaren Gedanken fassen zu können und dieses andauernde und dröhnende Kirchengeläut in seinem Kopf zu unterdrücken.

Hellers Handy vibrierte und es meldete sich eine warme und sehr freundliche Stimme, leider nicht, um sich mit ihm zu verabreden, sondern nur um ihm mitzuteilen, dass Ronnie ihn gerne sprechen wollte.

„Entschuldigen Sie bitte", unterbrach Heller die Stimme, „wer ist denn bitte Ronnie?"

Die Frauenstimme klärte ihn darüber auf, dass der junge Mann, den er letzte Nacht ins Krankenhaus hatte einliefern lassen auf diesen Namen hörte, er wach wäre und sich bedanken wolle.

„Da reicht auch eine Postkarte", murrte Heller in den Hörer.

Die Dame am anderen Ende kam etwas ins Stocken.

„Wie meinen?", kam es schüchtern und zurückhaltend aus der Hörmuschel.

„Ich kenne den Mann nicht. Er ist mir hier in der Stadt zweimal über den Weg gelaufen und hat mich gefragt, ob die Poggenburgstraße nach dem Heini von der AfD benannt ist. Ihr Patient ist in seiner Jugend irgendwann mal rechts abgebogen und auf den Spuren von verwirrten und idiotischen nationalistischen Herrenmenschen. Mein Interesse hält sich allein aus diesem Grunde in einem sehr bescheidenen Maß."

„Ich kann Sie ja verstehen, Herr Heller, aber er ist, genau wie Sie sagen, verwirrt. Er ist nicht aggressiv, sondern nur einsam. Tun Sie ihm doch einfach den Gefallen, schauen Sie kurz vorbei und dann gehen Sie und das war's dann ja auch."

Hätte diese Stimme nicht so geklungen, wie sie es tat, Heller wäre niemals auf die Idee gekommen, zu dem Männchen ans

Krankenlager zu fahren.

Er begründete kurz sein nicht sofortiges Erscheinen, versprach aber, am Nachmittag vorbeizuschauen.

Die Krankenschwester bedankte sich und wünschte ihm einen schönen Tag.

„Ganz klasse", dachte Heller, „ich bin doch kein Therapeut."

Er schüttelte den Kopf über sich selbst, dass er sich wieder mal – in so kurzer Zeit – von einer Frau überreden ließ, Dinge zu tun, an die er am Morgen noch nicht einmal gedacht hatte.

Ganz komisch alles.

Nach kurzer Zeit meldete die Wache, dass der Fischladen geschlossen sei, aufgrund einer Familientragödie, so stünde es auf einem Schild im Fenster.

Heller griff sofort zum Telefon und rief Enno Petersen an.

Die Mailbox, sofort die Mailbox.

Auch der zehnte Versuch scheiterte an der Computerstimme.

„Der hat sich verpisst", zischte Heller leise, aber hörbar für beide Frauen vor sich hin.

Er rief im Hafen an, ob der Fischkutter der Petersens abgelegt hätte, dem war aber nicht so.

„Was für ein Auto fährt Enno?", fragte er in Richtung Irina.

„Einen schwarzen Ford Mustang, Baujahr 1966", antwortete Irina fast gelangweilt, „er liebt sein Auto mehr als alles andere."

„Das ist ja nicht gerade unauffällig", konstatierte er.

Nachdem Irina das Kennzeichen preisgegeben hatte, wurde Enno Petersen umgehend zur Fahndung ausgeschrieben und Heller lehnte sich genüsslich in seinem Arbeitsstuhl zurück, drückte eine weitere Aspirin in sein Glas und goss Wasser darüber.

Er drehte das Glas und beobachtete, wie sich die Tablette langsam und sprudelnd auflöste, dann schob er es beiseite.

Er musste es auch ohne schaffen, er war doch ein Mann, und wenn er schon nicht seefest war, so musste er jedenfalls mit Kopfschmerzen klarkommen.

Irgendwann musste ja mal Schluss sein mit den vermaledeiten Kopfschmerzen.

Während Sabine Notizen sortierte, Irina sich auf dem Stuhl drehte und Heller beobachtete, wie sich die Tablette auflöste, wurde ihm klar, dass er seinem Versprechen nachkommen und den kleinen Mann im Krankenhaus besuchen musste.

Er überließ alle weiteren Entscheidungen seiner Kollegin, die ja im strengeren Sinne seine Chefin war, verabschiedete sich von den Damen und eroberte nur durch einen Blick über den Sonnenbrillenrand den Schlüssel für den guten Dienstwagen.

Die Fahrt war nicht lang, denn das Krankenhaus lag am Stadtpark und das war von hier aus mit dem Auto nur circa fünf Minuten entfernt.

Am Klinikum angekommen schaute Heller, bevor er ausstieg, in den Rückspiegel, nahm die Sonnenbrille kurz ab, um sie dann ohne lange Rückfragen an sich selbst sofort wieder aufzusetzen.

Er ging durch den Eingangsbereich und wollte sich gerade anmelden, als er Nils-Henning entdeckte, der mit einem Blumenstrauß in der Hand vor einem der Fahrstühle wartete.

Heller stellte sich neben ihn.

„Moin, Herr Doktor, auf geheimer Mission?", kam es heiser aus seiner Kehle.

Nils-Henning begann über das ganze Gesicht zu grinsen und antwortete: „Nein, Mr. Bond, ich bin hier, um Freunden zu ihrem Neugeborenen zu gratulieren, also ganz offiziell. Und selbst?"

Heller erzählte, was ihm auf dem Heimweg in der letzten Nacht passiert war und Nils-Henning erinnerte sich an den kleinen Dümmling mit der „unerklärlich blöden Frage", wie er es ausdrückte.

„Und du hast ihn gerettet, du bist einfach mein Held, Steffen",
lachte er, „unfreiwillig neue Freunde finden, und dann auch
noch einen Jungen im Krankenhaus.

„Das will ich mal schauen, ich kann mir das nicht vorstellen,
dass ein Junge in seinem Alter schon so verdreht sein kann. Da
ist mit Sicherheit etwas schiefgelaufen und es wäre doch
gelacht, wenn man das nicht wieder hinbekommen könnte", war
Hellers fast überzeugende Antwort.

Er vergaß die Anmeldung und stieg mit Nils-Henning in den
Fahrstuhl, fuhr auf die Etage, auf der der junge Mann liegen
sollte.

Heller hatte ein kurzes Telefonat mit einem befreundeten Arzt
geführt, um zu erfahren, wie es dem Treppensteiger ging und
wo er liegen würde.

Die Tür öffnete sich und ein leises „Wir sehen uns" war der
Abschiedsgruß an seinen Freund, der diesen mit einem Griff an
die Stirn und einem Gegengruß mit Ring und Zeigefinger
beantwortete.

„Das werden wir, mein Bester", war die ruhige Antwort.

Heller trat vor den Fahrstuhl und nach kurzen
Orientierungsblicken durch den weißen Flur hatte er das
Schwesternzimmer ausgemacht.

Heller hatte sich vorher zwar telefonisch informiert, auf welcher
Station der junge Mann liegen würde, doch in welchem Zimmer
war ihm nicht mehr bewusst.

Er ging langsam darauf zu und warf immer wieder einen Blick
in geöffnete Türen, um zu sondieren, ob der kleine Nazi schon
zu erspähen war.

Vor einem großen Fenster, das den Blick auf eine Krankenschwester freigab, die tief gebeugt über irgendwelchen Papieren brütete, setzte er das ihm eigene und freundlichste Lächeln auf, schob die Sonnenbrille hoch und klopfte an die Scheibe.

Sie schien den Satz zu Ende zu lesen, bevor sie ihren Kopf langsam hob und Heller, ohne ein Wort zu sagen andeutete, dass er doch durch die Tür eintreten solle.

„Heller, Steffen Heller", stellte er sich vor, als er den Raum betrat, und genau die Stimme, die ihn angerufen hatte, war jetzt hier.

In der Person eines brummigen Polizeibeamten, aber sie war hier.

„Das freut mich sehr, Herr Heller, und Ronnie bestimmt noch mehr."

Fast euphorisch über seine Ankunft, so interpretierte er es jedenfalls, sprang sie auf und bewegte sich katzenhaft an ihm vorbei.

„Kommen Sie, Herr Heller, immer mir nach."

Diese Aufforderung sprach sie in einem fast singenden und auf jeden Fall sehr motivierenden Ton, dass selbst der immer noch unter Alkohol gebremste Polizeibeamte gar nicht anders konnte, als ihr zu folgen.

Die jung gebliebene medizinische Fachangestellte ging zielstrebig den Flur hinunter und Heller bekam Angst, dass der Weg noch lang wäre und er die weiß gekleidete Frau aus den Augen verlieren würde.

Dann endlich blieb sie vor einer der offenen Türen stehen, blickte zu Heller, der etwas zurückgefallen war, und winkte ihn mit einer Hand zu sich.

Als er nach gefühlten Kilometern Aufholjagd endlich neben ihr stand, hakte sie sich bei ihm unter und verkündete fröhlich:

„Ronnie, du hast Besuch", sagte sie mit eben genau diesem singenden und aufmunternden Ton in ihrer Stimme.

Das zusammengeflickte Bürschchen, das da im mittleren Bett auf der linken Seite des Raumes lag, drehte seinen Kopf in Richtung Tür, begann langsam und dann schneller zu winken. Es erinnerte Heller an die Fischkutterszene aus Forrest Gump, als Tom Hanks auf dem in den Hafen einfahrenden Kutter steht und seinem Freund Lieutenant Dan enthusiastisch und gedankenverloren zuwinkt, um dann über Bord zu fallen, und er hatte Angst, dass der kleine Mann auch gleich aus seinem Bett fallen würde.

„Gehen Sie zu ihm, Herr Heller. Wenn Sie noch irgendwelche Fragen an mich haben, schauen Sie später gerne noch mal bei mir vorbei", piepste sie und schwebte wieder davon.

Heller drückte seinen Rücken durch und streckte seine Brust raus, um gleich klarzumachen, dass mit ihm nicht zu verhandeln war, wenn es da etwas geben sollte.

Mit Faschisten verhandelte man nicht.

Er nicht.

Hatte er noch nie – und das würde er auch heute nicht ändern.

Er ging langsam auf das Bett zu und legte sich im Kopf schon die freundlichsten Worte zurecht, die ihm einfielen, doch heraus kam nur:

„Na, du Dösbaddel, haben sie dich wieder zusammengeflickt?"

Ein schuldbewusster Blick schlug Heller entgegen und der kleine Ronnie nickte.

„Hast du denn jemanden erkannt, oder weißt du, wer da auf dich eingeprügelt hat?", bohrte Heller weiter.

Kaum zu hören und ganz leise kam die Antwort aus der Mitte des geschundenen Gesichts:

„Die Treppe, es war die Treppe."

Hellers Gedanken stockten, blieben stehen, um tief Luft zu holen und dann schließlich lauthals anzufangen, in seinem Kopf zu lachen.

Er musste sich zusammenreißen, dass man es nicht an seiner Mimik erkennen konnte.

Das Erste, was Steffen durch den Kopf ging, war, dass Ronnie, wie jeder Nazi auf dieser Welt, ein Opfer seiner selbst war.

„Lachen Sie ruhig", begann Ronnie, „ich lieg hier ja auch im Bett und mich verfolgt nur der eine Gedanke: Wie kann man nur so blöd sein?"

Moment, Hellers Schlussfolgerungen traten jetzt mächtig auf die Bremse. Ein Rechter mit dem Hang zur Selbstreflexion? Wo sollte es das denn geben?

Heller konnte nicht anders, in seinem Kopf hallte das Gelächter über diesen verzweifelten Menschen auf Irrwegen von jeder Wölbung seines Schädels wider, und so übertrug es sich langsam auf seine Mundwinkel.

Ronnie sah ihn an.

„Lachen Sie ruhig, wenn es mir nicht selbst so peinlich wäre, würde ich es ja auch tun. Das dauert aber noch ein bisschen, bis ich es kann. Muss erst mal in meinem Kopf ankommen, wie doof ich mich angestellt habe."

Heller konnte nicht anders, als zu nicken, und zwar sehr deutlich zu nicken.

„Das hast du wohl, aber warum wolltest du mich sprechen?"

Ronnie versuchte, sich in Pose zu bringen, sich aufzusetzen und stemmte sich mit seinen Armen in die Senkrechte.

„Ich wollte nicht, dass Sie denken, dass ich ein Faschistendepp bin. Die Idee war oder besser, der Versuch sollte sein, sich einen Tag lang hirnbefreit zu fühlen, um vielleicht den Punkt zu finden, an dem Menschen in das rechte Milieu abrutschen.

Die Idee kam Freunden und mir neulich in einer Kneipe in Altona und ich hab dann das kürzeste Streichholz gezogen." Jetzt fing Heller richtig an zu lachen und es war ein großer Teil Erleichterung enthalten darüber, dass er keinem braunen Vollarsch, sondern nur einem gelangweilten Großstadtkind geholfen hatte.

Er konnte sich entspannen und lehnte sich jetzt in den ergonomisch geformten Gesundheitsstuhl, der da vor Ronnies Bett stand, zurück.

So stellte er sich den Stuhl jedenfalls vor, damit die Schmerzen, die er beim Sitzen verursachte, gerechtfertigt waren.

Der Verunglückte erzählte von seinen Freunden und dem Abend in der Altonaer Kneipe.

Alle hatten gerade, natürlich zeitlich versetzt, ihren Schulabschluss gemacht.

Abi, Mittlere Reife (was für eine bescheuerte Bezeichnung für einen Schulabschluss) und Hauptschulabschluss.

An diesem Abend hatten sie sich getroffen, um das Abitur ihres Freundes zu feiern.

Sie kannten sich schon lange und waren von Kindesbeinen an bekannt für ihre dummen Einfälle. An diesem Abend heckten sie eine erneute Dummheit aus, die alles andere übertreffen sollte, so dachten sie jedenfalls, und überlegten, welche Fehler man in seinem Leben begehen und welche falschen Fragen man an sich und die Welt stellen müsste, um als Volldepp oder Neonazi in Deutschland zu enden.

Erst wollten sie eine Art psychosoziales Projekt ins Leben rufen und sich mit „Opfern des eigenen Gehirns", so nannten sie die Neofaschisten, treffen und mit ihnen reden.

Das erschien ihnen dann aber doch irgendwann als zu riskant, zumal man die Gewaltbereitschaft nicht einschätzen konnte.

So beschlossen die vier jungen Männer an diesem Abend, beseelt von Bier und euphorisch geladen von ihrer Idee, sich die falschen Fragen auszudenken und dann einen von ihnen als Probanden in eine sehr begrenzte Welt zu schicken.

Was dabei herauskommen sollte und wie genau dann die Wirkung und Aussagekraft für die Gesellschaft benutzt werden konnten, wenn überhaupt, darüber machten sie sich jetzt noch keine Gedanken.

Sie standen alle zwischen Schulabschluss, Lehre, Studium, hatten an dem Abend aber auch noch für sich beschlossen, dass sie ein Jahr Bundesfreiwilligendienst leisten wollten.

So könnten sie noch ein wenig gemeinsame Zeit verbringen.

An diesem Abend der Kindsköpfe wurde Ronnie dazu auserkoren, den tumben, nationalistischen Volldeppen ein wenig auf den Zahn zu fühlen.

Er zog das kürzeste Streichholz und wurde mit der Frage, ob die Poggenburgstraße in Husum nach André Poggenburg von der AfD benannt worden war, losgeschickt.

Sicherlich entsprach die Verteilung der Deppen auch in Nordfriesland dem restlichen Durchschnitt Deutschlands, aber in einer schöneren Landschaft ließ es sich bestimmt leichter ertragen, als solcher zu gelten.

An dem Abend hatte sich das ganze Projekt auch noch witzig angehört, doch als Ronnie in Husum ankam, den Hafen und die Menschen, die ganze Ruhe und entspannte Atmosphäre in sich aufnahm, da wurde es ihm dann doch eher peinlich, als Vollidiot durch die Gegend zu laufen.

Er erinnerte sich an die ausschweifende und sarkastische Erklärung zu dem Straßennamen, die ihm von Nils-Henning an den Kopf geworfen worden war.

„Das war die beste Antwort, die ich gestern gehört habe", fügte er nachdenklich hinzu.

Heller schüttelte den Kopf.

„Wissen deine Eltern schon Bescheid, Ronnie?", fragte er.

„Ja, alles geregelt. Sie kommen übermorgen, um mich abzuholen."

„Brauchst du sonst noch irgendwas", kam es besorgt und fast freundschaftlich aus Hellers viel zu trockenem Mund.

„Nein, danke, ich dreh mich gleich um und schlaf die letzten Stunden durch, bevor es zurück in die Großstadt geht", bemerkte er.

Heller zog eine Visitenkarte aus der Innentasche und legte sie auf das kleine Tischchen, das neben Ronnies Bett stand.

„Wenn du noch was brauchst, oder nochmal derartig sinnbringende Einfälle hast und hier in der Nähe in Schwierigkeiten gerätst, rufst du mich an", er tippte mit seinem Zeigefinger auf die Karte und sah den jungen Mann durchdringend an, in der Hoffnung, dass nichts von dem Prophezeiten in irgendeiner Art passieren würde.

Gerade, als Heller sich verabschieden und aus seinem Stuhl erheben wollte, legten sich zwei schwere Hände auf seine Schultern und drückten ihn zurück in den Sitz.

Nils-Henning stand hinter ihm und er konnte, ohne ihn anzuschauen, dieses für den Wattwurm typische breite Lächeln sehen.

„Na, ihr zwei Helden, habt ihr euch jetzt doch angefreundet?" war die eher ironische Frage, die Heller und Ronnie gestellt wurde.

Während der Mann im Bett lächelte, versuchte Heller sich aus den Fesseln seines Freundes zu befreien und bewegte seine Schultern hin und her.

Doch es gab kein Entrinnen.

„Nimm dir einen Stuhl, Nils-Henning, und setz dich zu uns", forderte Heller und umgehend löste sich die Umklammerung.

Nils-Henning zog sich einen Stuhl neben Heller und setzte sich. Dann wurde die ganze Geschichte noch einmal aufgetischt und während Heller sich über die Welt, die Ideen und die Menschen wunderte, lachte Nils-Henning in einem fort.

Am Ende fragte er Ronnie, ob er schon mal darüber nachgedacht hätte, sein Bufdi-Jahr als Umweltschützer zu verbringen.

Die Antwort war ein klares Nein und Nils machte genau das Gleiche wie Heller, er legte eine Visitenkarte auf das Nachttischchen, betonte noch mal, wie wichtig – gerade in der aktuellen Zeit –Umweltschutz und das Bewahren des Wattenmeeres wäre und verließ den Raum.

Heller fühlte sich nicht ganz sicher, was und ob er überhaupt noch etwas sagen sollte.

Er sah Ronnie an, schob seine Sonnenbrille wieder vor seine Augen und mit einem „Tut mir leid, ich muss los. Du hast meine Nummer" ließ auch er den jungen Hamburger alleine im Bett zurück.

Kurz vor der Ausgangstür drehte Heller sich noch einmal um und schaute zu Ronnie, der ihm hinterher blickte.

Er schob die Sonnenbrille auf seine Stirn und sagte zu Ronnie: „Schön zu sehen, dass du kein vollkommener Idiot bist. Ich hatte da schon meine Zweifel. Lass Dich hier gut behandeln von den Damen."

Heller blinzelte Ronnie zu und der wiederum konnte so etwas wie ein leichtes Lächeln über dem Mund von Steffen Heller entdecken.

Sie winkten sich zum Abschied zu, dann verließ Heller den Raum.

Auf seinem Weg zum Fahrstuhl passierte er wieder das Schwesternzimmer mit der großen Fensterscheibe, er warf einen kurzen Blick hinein, doch seine Ansprechpartnerin schien unterwegs zu sein.

Vor dem Klinikum steckte er sich im Gehen eine Erholungszigarette an und wanderte Richtung Dienstwagen.

Er legte seine gekreuzten Arme auf das Autodach und blickte in die Sonne.

„Komischer Vogel, dieser Ronnie", dachte er bei sich, obwohl ihn seit Jahren genau die gleiche Frage beschäftigte. Wo muss man in seinem Leben falsch abbiegen, um ein nationalistisches Arschloch zu werden? Da mal einen Feldversuch zu starten mit der Aussicht, sein eigenes Hirn zu riskieren und demokratische Denkstrukturen einzubüßen, gar nicht verkehrt. Aber hier in Husum? Sicherlich, auch hier gab es welche und auch die AfD hatte ein unbedeutendes Parteibüro in der Stadt, aber große Aufläufe oder bemerkenswerte Demonstrationen von rechter Seite, die gab es hier eher nicht und das war auch gut so.

Heller trat die Zigarette aus, setzte sich in den Wagen und fuhr langsam vom Parkplatz herunter, um zurück ins Büro zu gelangen.

Auf dem Rückweg nahm er sich die Zeit, seine kleine Heimatstadt mal wieder zu inspizieren.

An vielen Ecken hatte sie sich verändert, war zu einer wirklich kleinen, hübschen und auf jeden Fall vorzeigbaren Stadt geworden.

In seiner Kindheit und Jugend hatte es hier nur eine Jahreszeit für ihn gegeben, in der es ohne weitere innerliche Erregungen möglich für ihn gewesen war, hier zu leben – und das war der Sommer.

Mit Freunden am Hafen oder an den Strand, die Freiheit und die Endlosigkeit der Umgebung genießen und in sich aufzunehmen.

Mit dem Herbst und kälteren Temperaturen endete die Freiheit, und weil es auch sonst keine breit gefächerten kulturellen Angebote gab, musste er damals entweder Eigeninitiative ergreifen und irgendetwas organisieren; oder seine Freiheit endete in seinem Zimmer vor den Postern von Suzi Quatro. Bücher waren nie sein Ding gewesen oder Postkarten schreiben. Brieffreunde in der Bravo finden? Total abwegig.

Und so kam es eben, dass er als Jugendlicher fast in jedem Jahr nach dem Sommer in eine Art Winterschlaf fiel, was soziale Kontakte anging.

Wenn nicht irgendjemand bei ihm vorbeikam oder er in der Schule gefragt wurde, ob er vielleicht irgendwohin mitwollte, verbrachte er die Zeit alleine zu Hause mit Suzi und rechtfertigte das vor sich und seinen Eltern mit mannigfaltigen Ausreden.

Die weder seine Eltern und noch viel weniger ihn beruhigten.

Er war auch ein komischer Kauz gewesen und im Gegensatz zu Ronnie hatte er selbst damals keine – zumindest aber nicht so viele – Freunde wie der verletzte Hamburger Jung gehabt.

Als er die Tür zum gemeinsamen Büro öffnete, fiel ihm als Erstes auf, dass Sabine scheinbar nicht mehr anwesend war. Ihre Schreibtischlampe war ausgeschaltet, die Oberfläche ihres Schreibtisches in beängstigender Weise aufgeräumt und es schwebte so ein leichter Duft von Ford-Capri-Duftbaum in der Luft.

Das war nicht Sabines Stil, aber es hatte sich irgendetwas geändert.

Zögernd und ihren Schreibtisch im Auge behaltend, ging er durch den Raum und suchte Deckung hinter seinem Arbeitsplatz, der weder aufgeräumt war noch besonders roch. Eher im Gegenteil.

Doch die Details wollte er jetzt nicht mit sich besprechen, und auch wenn es seiner Arbeitsoberfläche an einer gewissen Sortierung fehlte, so entdeckte er doch den Zettel, den Sabine für ihn zurückgelassen hatte.

Auf dem stand:

Hey Steffen,

bringe Irina jetzt ins Hotel,

fahre nochmal beim Fischgeschäft Petersen vorbei,

mache dann Feierabend.

Wenn Du den Zettel hier liest und nichts mehr anliegt,

mach Du das auch.

Bis morgen,

Gruß, Sabine

Heller musste nicht einmal seine Schreibtischlampe ausschalten, weil er sie vorsichtshalber gar nicht eingeschaltet hatte.

Er fühlte sich bestätigt in seinem Tun, doch bevor er ging, griff er zum Hörer und rief bei der Spurensicherung an, ob sie irgendetwas im Geschäft oder auf dem Kutter gefunden hätten.

Die neuen Informationen, die ihm durch den Hörer mitgeteilt wurden, verdichteten sein Bild des Tatherganges und er wusste, auf was er warten musste.

Aber jetzt war Wochenende und das hieß:

Nach Hause fahren,

in den Garten setzen,

die Zeit genießen

und vielleicht ein oder zwei leckere Kaltgetränke.

Am nächsten Tag sollte der Umzug seiner Mutter organisiert und durchgeführt werden.

Kisten schleppen, aussortieren und voraussichtlich auf viele Dinge stoßen, die er lange nicht gesehen hatte, ihn aber an viele gute Augenblicke und eine wunderbare Kindheit und Jugend erinnern würden.

Es gab Erinnerungen, die unfair und unvorbereitet zuschlagen konnten, aber die, die dort auf ihn warteten, machten ihm keine Angst.

Er verließ das Büro, schnappte sich den guten Dienstwagen und fuhr zu seiner Wohnung.

Er genoss die freien Stunden, auch wenn ihm der Umzug seiner Mutter und vor allen Dingen der aktuelle Fall nicht aus dem Kopf gingen.

Da musste noch mehr sein als nur diese Eifersüchtelei zwischen zwei Brüdern.

Heller saß in seinem neuen Strandkorb, den er sich bei dem Verleiher um die Ecke günstig gekauft und liefern lassen hatte.

Ein kleines altes Prachtstück, in dem man sich es mit Getränk und Aufzeichnungen sehr gemütlich machen konnte.

Er durchwühlte den Karton, den die Kollegen sichergestellt hatten nach neuen Informationen, doch es schien, als hätten die Gebrüder Petersen, wenn auch bei unterschiedlichen Auffassungen vom Leben und aus reinem Familiensinn, friedlich zusammengelebt.

Dann fand Heller auf dem Boden der Pappkiste ein kleines Büchlein mit handschriftlichen Notizen von Fipe, diese eröffneten völlig neue Perspektiven in dem Fall und rückten einige Dinge in ein gänzlich anderes Licht.

Daten und Uhrzeiten von Auseinandersetzungen der beiden Brüder waren hier aufgelistet, mitsamt den dazugehörigen Anlässen.

Das Buch der Offenbarung.

Heller informierte Sabine, die er, wie sie ihn aufklärte, auch gerade im Garten beim Sonnenbad erwischte.

Die beiden sprachen sich kurz ab und verabredeten sich für den Sonntag, wenn der Umzug erledigt wäre.

Steffen Heller lehnte sich zurück und war zufrieden.

Jetzt fehlte nur noch der Köder und dann würde der Mörder in die Falle tappen.

Samstagmorgen, am Husumer Hafen.

Eine leichte Brise wehte salzig vom Meer in die Stadt und wehte durch die Straßen und an die Fassaden der alten Häuser, die dort schon seit Jahrhunderten herumstanden.

Sie waren schon immer die standhaften Wächter dieser Stadt am Meer und nichts würde ihrer Aufmerksamkeit entgehen.

Diese Stadt war sicher.

Heller schlief lange, so gut er es konnte, um dann in seiner Küche den ersten Kaffee zuzubereiten.

Der Duft von frischem Kaffee war immer sein erstes Highlight am Morgen, deswegen stand er immer ungeduldig vor der Kaffeemaschine und wartete, bis die erste Tasse durchgelaufen war.

Er schnappte sich die Tasse und eine Zigarette und ging langsam über den warmen Rasen.

Der Himmel war blau und gleich würde die Sonne hinter der alten Birke herumkommen und den Strandkorb wärmen.

Er brachte das Rückteil seiner neuen Gartenmöblierung in eine angenehme und entspannte Stellung und nahm Platz.

Der Kaffee schmeckte, die Kippe glühte und nach ein paar Minuten schien ihm die Morgensonne ins Gesicht. So konnte man doch leben. Andere machten in Husum Urlaub und er lebte hier. Ein nicht zu unterschätzender Vorteil.

Am Sonntagmorgen stand Steffen Heller pünktlich und frisch gestriegelt vor seinem Elternhaus. Heute war der letzte Tag, an dem das Namensschild „Heller" dort zu sehen war. Wenn die Sachen seiner Mutter verpackt sein würden, wäre auch die Zeit für das Schild abgelaufen. Die Haustür stand offen und Heller ging die kurze Treppe nach oben. Seine Mutter stand in einem leeren Wohnzimmer und schaute nach hinten durch die Verandafenster in den kleinen Garten. Heller legte von hinten sein Kinn auf die Schulter seiner Mutter.

„Na, mein Junge", sagte sie leise, „das war's jetzt hier. Auf in einen neuen Abschnitt."

Steffen Heller drückte es gewaltig in seinem Tränenkanal und er hätte schreien können.

„Wo sind denn deine Klamotten, Muttern", fragte er ein bisschen verunsichert.

„Die haben den Termin kurzfristig vorverlegt, also ich konnte es mir überlegen und da habe ich einfach Ja gesagt. Die waren heute am Morgen schon um sieben Uhr hier und haben alles, was ins Kloster soll, mitgenommen. Die alten Sachen, die wegkonnten, haben sie gesondert gepackt und das, was du haben möchtest, bringen sie später bei dir vorbei."

Wieder erwischte sich Steffen Heller kommentarlos dabei, dass er eine Absprache mit seiner Mutter vergessen hatte.

Heller wusste, dass er nichts sagen musste. Seine Mutter würde es ohnehin wissen.

Wie machten Mütter das immer?

Heller fand die Haltung seiner Mutter erstaunlich und auch ihre Standhaftigkeit, aber so war sie schon immer gewesen.

Er konnte sich nicht daran erinnern, dass sie irgendwann einmal verzweifelt gewirkt hätte, außer wenn sie neben ihm gesessen hatte, wenn er Mathematikhausaufgaben machen musste.

„Soll ich dich denn rüber ins Kloster fahren?", wollte er wissen.

Seine Mutter hob einen Schraubenzieher und hielt ihn bedeutsam vor sich.

„Das wäre schön, aber wir nehmen ohne Frage unser Namensschild mit. Das möchte ich auf jeden Fall behalten."

Heller nahm seine Mutter in den Arm und half ihr dann in die für sie und ihr Alter doch recht sportliche Sommerjacke.

Sie stiegen gemeinsam die Treppe hinunter.

Frau Heller zog die Haustür leise hinter sich zu und flüsterte: „Das war's."

Dann drückte sie die Hand ihres Sohnes und lehnte sich an ihn.

„Vaddern hat doch sein Okay gegeben, mach dir darüber keine Gedanken", versuchte er sie zu beruhigen.

Er setzte seine Mutter auf den Beifahrersitz und löste die zwei verrosteten Schrauben, die das Namensschild in dem alten Mauerwerk hielten.

Er nahm das Schild vorsichtig zwischen seine Finger und als er sich auf den Fahrersitz gesetzt hatte, legte er es seiner Mutter vorsichtig auf ihren Schoß.

Sie streichelte über seine Hand und ein leises „Danke" war zu hören.

Heller warf den Motor an, setzte vorsichtig rückwärts und drehte dann mit seiner Mutter als Beifahrerin eine Extratour durch Husum, um dann ins Osterende einzubiegen und direkt vor der geöffneten Pforte des Klosters auf einem Parkplatz stehen zu bleiben.

Beide schwiegen und seine Mutter umklammerte das Namensschild des ehemaligen Familienheimes.

„Lass uns reingehen", sagte Frau Heller und öffnete die Beifahrertür.

Ihrem Sohn blieb nichts anderes übrig, als es ihr gleichzutun, und so folgte er seiner Mutter durch die offene Pforte in den Innenhof der Altersresidenz.

Ein bunt bepflanzter Innenhof mit Sitzgelegenheiten, die über die ganze Gartenanlage verteilt waren.

Alles in allem machte es auf Steffen Heller den Eindruck, dass seine Mutter sich hier auf jeden Fall wohlfühlen könnte.

Sie gingen durch eine kleine Eingangstür und dann über eine schmale, hölzerne Treppe in den ersten Stock.

Helle Wände, ein dunkler Holzfußboden und jede Menge Türen.

Frau Heller steuerte zielbewusst auf eine der hinteren zu, zückte einen kleinen Schlüssel und öffnete den Zugang zu ihrem zukünftigen Heim.

Ein großes Zimmer, ein Bad und noch ein kleines Zimmer war das, was Steffen Heller zählen konnte, doch seine Mutter beruhigte ihn.

„Es ist genügend Platz für mich, unten habe ich einen großen Garten und der Hafen ist auch nicht weit weg. Die Küche ist ein Stück den Flur runter, auf der linken Seite. Die teilen wir uns hier. Gefällt's dir?"

Heller stammelte, weil er diesen Platz hier mit dem Haus verglich, aus dem seine Mutter gerade ausgezogen war.

„Steffen, was soll ich alleine in dem großen Haus? Drei alte und langjährige Freundinnen von mir leben auch hier. Ich zieh praktisch in eine WG. Man muss doch mal alles ausprobiert haben", lachte Frau Heller.

„Du hast ja recht, Muttern, ist ja richtig."

Sie setzten sich auf zwei der Stühle, die die Möbelpacker schon vorbeigebracht hatten und Steffen Heller schob einen Karton als Tischersatz in die Mitte.

„Möchtest du einen Kaffee, Steffen?", erkundigte sich seine Mutter.

„Nein danke, Mutsch, ich muss noch arbeiten. Versprich mir eins, wenn irgendwas ist, sag Bescheid. Ich wohne hier auch um die Ecke. Ich bin sofort hier, abgemacht?", er sah seine Mutter prüfend an und man konnte sehen, dass es ihm ernst war.

„Ist versprochen. Dann geh du mal arbeiten und wenn ich hier die Einweihungsparty feiere, sage ich dir Bescheid und du musst kommen."

Heller nickte, sah seine Mutter noch einmal an, die aufgeweckter denn je erschien, dann verließ er beruhigt die alten Räumlichkeiten.

Im Garten saßen zwei ältere Damen, tranken Tee oder Kaffee und winkten ihm fröhlich zu.

Er winkte zurück und die Beunruhigung, die noch bis vor ein paar Minuten in ihm herumgesprungen war, hatte sich gelegt.

Hier konnte er seine Mutter mit bestem und ruhigem Gewissen einziehen lassen.

Hier würde sie sich wohlfühlen.

Er fuhr nach Hause und parkte den Wagen.

In seinem Strandkorb zündete er sich in aller Ruhe eine Zigarette an, öffnete sich ein Bier und schaute in den sonnenbeleuchteten Himmel.

Seine Mutter war ausgezogen.

Galt das auch als Erwachsenwerden?

Heller war zufrieden mit sich, seinem Leben und er war stolz auf seine Mutter.

Das war ein zufriedenstellendes Ergebnis für einen ruhigen Sonntag an der Küste.

Seine Mutter machte sich mit den anderen Damen in ihrem neuen Zuhause einen gemütlichen Abend mit Kartenspielen, Geschichten aus der Vergangenheit, einem Schluck Wein und viel Humor über das, was passiert war, eigene Fehler und viele unüberschaubare Lernprozesse im eigenen Leben.

Die Gemeinschaft, in die sie hier hineingezogen war, hatte sie in kurzer Zeit aufgenommen und sie wusste, dass es die richtige Entscheidung gewesen war, sich von dem großen Haus zu trennen.

Sie schaute mit viel Zuversicht und Spannung in die Zukunft, die jetzt vor ihr lag.

Total egal, wie lange die in ihrem Alter auch noch sein mochte.

Ein Neustart war zu jeder Zeit möglich.

Heller und Sabine standen ein wenig abseits vom Fischgeschäft Petersen und beobachteten die Eingangstür.

Eigentlich heftete sich Sabines Blick auf die Tür, während Heller in dem bequemen Beifahrersitz saß und seine Augen schloss.

Er musste an Flensburg denken, den Sommer und die Tage, die er dort mit seinem Vater verbracht hatte.

Komisch, dass diese Stadt auf der anderen Seite Schleswig-Holsteins ihn scheinbar mehr mit seinem Vater verband als Husum.

Aber war das wirklich so oder pickte sich sein Gehirn gerade wieder nur die Rosinen aus seiner Jugend heraus?

Es sind ja nicht nur gute Erinnerungen, die einen mit einem anderen Menschen verbinden, aber Heller hatte auch, wenn er ganz ehrlich zu sich selbst war, keine schlechten Erinnerungen an seinen Vater.

Aber wie man es auch immer halten mochte, es waren schöne Erinnerungen und das war wichtig.

Nichts anderes.

Und während er noch in sommerlichen Erinnerungen schwelgte, beobachtete Sabine einen Mann, der langsam und vorsichtig die Straße herunterkam, sich immer wieder umsah, als ob er verfolgt werden würde, um dann einen Schlüssel aus seiner Tasche zu ziehen, um das Fischgeschäft aufzuschließen.

Sabine pikste Heller in den Arm, der schlagartig seine Augen öffnete, alles beiseiteschob, was ihm eben noch durch den Kopf gegangen war, um von null auf hundert einsatzbereit zu sein.

„Ich glaube, Enno ist gerade gekommen, Steffen", flüsterte sie.

Heller nickte, schaute Sabine an und machte durch eine ruckartige Kopfbewegung klar, dass sie beide wohl jetzt das machen sollten, wofür sie bezahlt wurden.

Einen Mörder dingfest machen.

Inzwischen war es später Abend geworden.

Sie stiegen aus und schlossen leise die Türen des Wagens, um dann im Schutze der Dunkelheit und der Mauern langsam auf den Laden zuzugehen.

Sabine drückte die Klinke der Eingangstür nach unten und schob sie langsam und vorsichtig nach innen auf.

Zum Glück war die Infrarottürklingel abgeschaltet, sodass sie den Laden geräuschlos betreten konnten.

Sie orientierten sich und als sich ihre Augen ein wenig an die Dunkelheit gewöhnt hatten, entdeckten sie eine offene Tür und gingen langsam auf sie zu.

Als sie die Stufen nach unten in den Keller gingen, konnten sie schon einen dünnen Lichtstrahl einer Taschenlampe sehen.

Enno war hier und suchte ganz offensichtlich irgendetwas.

Er kniete sich auf den Holzfußboden und klopfte mit den Handknöcheln aufs Holz.

An der Stelle, an der es hohl klang, fixierte er den Lichtkegel auf die Nägel, die das kleine Stück einer Bodendiele hielten.

Er zog ein Brecheisen aus dem Rucksack auf seinem Rücken, setzte es an und hob fast geräuschlos das kurze Stück Holz aus der Verankerung.

Darunter zum Vorschein kam eine Pistole.

Mit zittrigen Fingern griff er nach ihr und hob sie aus dem dunklen Versteck.

Er wollte sie gerade in seinem Rucksack verschwinden lassen, als das Licht anging.

Schlagartig hob er seinen Kopf und blickte in die Augen von Sabine und Heller.

Heller stand mit verschränkten Armen vor seiner Brust auf der letzten Stufe der Treppe, Sabine kam auf ihn zu.

„Mensch, Enno, das hat dir hier keiner zugetraut, wahrscheinlich nicht mal du. Den eigenen Bruder abknallen und eiskalt im Watt vergraben", Sabines ruhige Stimme hallte durch den sonst leeren Raum, „und, ach ja, du bist verhaftet. Leg die Waffe auf den Boden und komm zu mir."

Enno reagierte nicht sofort und Sabine schob ein energisches „Bitte!" hinterher.

Der Ertappte legte die Waffe nieder, stand auf und kam mit gesenktem Kopf auf Sabine zu.

„Fipe hat dir gesagt, dass er aussteigen und das Geschäft verkaufen wollte. Da wäre für dich nichts mehr übriggeblieben. Das hätte den persönlichen Ruin für dich bedeutet. Du hast ihn schon vorher bedroht, wir haben sein Tagebuch, und zu allem Überfluss kam dann noch die Geschichte mit Irina dazu. Das brachte dann das Fass zum Überlaufen.

Ihr habt euch gestritten, du hast die Waffe gezogen, ein Kampf entbrannte und die Wumme

ging los. Fipe knallte mit dem Kopf auf die Ankerwinde, das haben die Kollegen von der Spurensicherung dann auch noch gefunden, und dann bist du mit eurem Kutter ins Watt gefahren, hast die Schaluppe trockenfallen lassen und deinen eigenen Bruder im Watt verbuddelt. So kaltblütig und durchdacht, so hinterhältig und in höchstem Maße traurig. Komm, Enno, lass uns gehen."

Heller, der seine Waffe zur Vorsicht gezogen hatte, steckte sie jetzt zurück in sein Holster und meinte, als er Enno Petersen nach draußen vor den Laden geleitete: „Mach keinen Scheiß, dann kann ich dir jedenfalls die Handschellen ersparen."

Enno nickte und trottete hilflos und verloren wirkend neben Heller her, der ihm eine Hand auf die Schulter gelegt hatte und ihn vor den Laden brachte.

Draußen standen Sabine und ein Streifenwagen mit zwei

Kollegen aus der Nachtschicht.

Enno wurde auf den Rücksitz verfrachtet, die Türen schlossen sich und der Wagen fuhr ab.

„Gut gemacht, Herr Kollege, Kompliment", bemerkte Sabine.

„Ja, manchmal habe ich auch meine hellen Momente", gab Steffen zurück, „und manchmal sind sie sogar noch heller." Er grinste übers ganze Gesicht, steckte sich die Zigarette zwischen die Zähne und zündete sie an.

„Was meinen Sie, Frau Kollegin, wäre das nicht der richtige Moment für ein schönes Getränk am Hafen? Was meinen Sie?"

„Hat doch gar nichts mehr auf, Steffen", gab sie zurück.

„Solange ich meinen Kofferraum öffnen kann, hat hier in der Nähe immer was offen, junge Frau", nuschelte er an seiner Zigarette vorbei.

„Na, denn man tau", freute sich Sabine sichtlich und die beiden stiegen in den Wagen, um sich am Hafen noch einen Gutenachtrunk aus der Heckklappe zu genehmigen.

Alles in allem wieder eine gute Teamarbeit.

Aber ohne Teamarbeit geht ja sowieso nichts.

Also jedenfalls nicht im Norden.

Am nächsten Tag wurde Enno noch einmal vorgeführt, um sein Geständnis zu unterzeichnen.

Als er von zwei Kollegen in Handschellen abgeführt und aus der Wache eskortiert wurde, dachte Heller, dass es eben so schön sein kann, wie es will, das Leben kann sich von der einen auf die andere Sekunde durch eine Dummheit ändern.

Ein blöder Zufall, eine kleine dumme, unbedachte Handlung und das ganze Leben ist auf den Kopf gestellt oder so wie bei Fipe: einfach vorbei.

Es machte ihn traurig und er dachte lieber an seinen Garten, seinen Strandkorb und …

Sabine und Heller saßen am Strand.

Die wärmenden Sonnenstrahlen kamen zollfrei aus Dänemark.

Die Flensburger Förde in voller Pracht.

Sie hatten sich einen kleinen Picknickkorb mitgebracht, der jetzt zwischen ihnen stand, und Heller hatte sich einen kleinen Reiseaschenbecher besorgt.

Man lernte ja nie aus.

„Und hier warst du mit deinem Vater? Schön, einfach schön und bestimmt unvergessliche Momente. Schön, Steffen", dann schwieg sie.

Heller stierte über die Wasseroberfläche, dann griff er in den Korb, öffnete die Flasche mit dem gekühlten Weißwein, um dann Sabine ein Glas einzuschenken und es ihr zu reichen.

„Jo, das ist ein Teil von mir und wird auch immer einer bleiben, ein wichtiger und sehr schöner Teil", antwortete Heller nachdenklich.

Die beiden stießen an und blickten hinaus aufs Wasser.

Heller zog an seiner Zigarette und drehte seinen Kopf zu Sabine.

„Chef, ich glaub, ich brauche Urlaub", flüsterte er kaum hörbar.

„Urlaub, ja", erwiderte Sabine, „Urlaub wär jetzt echt das Richtige."

Eine kurze Pause entstand und dann durchschnitt eine Heller bekannte Stimme die Stille.

„Urlaub? Da müsst ihr ja nicht weit fahren."

Neben ihnen stand der weißhaarige und schnauzbärtige Unbekannte.

Der Wächter von Meierwik.

„Mensch, Kinners, an der Küste ist immer und überall und zu jeder Jahreszeit Urlaub", war sein kurzes Resümee.

Und er hatte recht.

Egal ob Ost- oder Nordsee, ob Ebbe oder Flut, das Gefühl von

Freiheit und Urlaub hatte man überall –und keine Chance, sich dem zu entziehen.

Das machte das Leben an der Küste so unvergleichlich.

Wenn Ihr wissen wollt, wie und wo alles angefangen hat.

Einfach schön hier

Als Buch und eBook – Überall im Handel

Wenn Ihr mehr über mich wissen wollt:

Geht einfach auf meine Homepage:

ChrisJacobsenAutor.com

Oder schaut bei Twitter rein.

Auf meinem Youtubekanal sind aktuelle Lesungen
Und auch ein paar älter zu finden.